혼술

혼숨

초판 1쇄 인쇄 | 2021년 12월 24일
초판 1쇄 발행 | 2021년 12월 31일

지은이 | 전건우·홍정기·양수련·조동신
펴낸이 | 박영욱
펴낸곳 | 북오션

경영지원 | 서정희
편 집 | 권기우
마케팅 | 최석진
디자인 | 민영선·임진형
SNS 마케팅 | 박현빈·박가빈
유튜브 마케팅 | 정지은

주 소 | 서울시 마포구 월드컵로 14길 62
이메일 | bookocean@naver.com
네이버포스트 | post.naver.com/bookocean
페이스북 | facebook.com/bookocean.book
인스타그램 | instagram.com/bookocean777
유튜브 | 쏠쏠TV·쏠쏠라이프TV
전 화 | 편집문의: 02-325-9172 영업문의: 02-322-6709
팩 스 | 02-3143-3964

출판신고번호 | 제2007-000197호

ISBN 978-89-6799-657-4 (03810)

Bookocean

차례

얼음땡

전건우

술래가 나를 찾고 있었다.

"야! 조상우. 안 나와? 나와서 돈 갚으라고!"

이번 술래는 악착같고 악독하며 좀처럼 포기를 모르는 놈이었다. 게다가 영리하기까지 했다. 딱 일몰 5분 전부터 집 앞에 와서는 온 동네가 다 알 정도로 고래고래 소리를 질렀다. 보증 잘못 섰다가 빚더미에 올라앉은 병신이라는 둥, 갚는다는 말만 하고 약속은 안 지키는 거짓말쟁이에 사기꾼이라는 둥 죄다 맞는 말만 했다. 덕분에 도망치듯 이사 온 이 후미진 동네에서도 내 이름을 모르는 사람이 없게 되었다.

나는 어느 날 문득 깨달았다.

사채업자들 눈을 피해 몰래 편의점에서 컵라면 하나를 사 왔던 그 새벽, 이 술래에게서는 절대 도망치지 못하리라는 사실을.

아니, 딱 하나 방법이 있기는 했다.

"에이, 독한 놈. 사기꾼 새끼. 내일 또 온다!"

술래는 해가 지자마자 떠들기를 멈췄다. 그래도 아마 어딘가에 숨어 내가 모습을 드러내길 기다리고 있을지도 모른다. 나는 바보 멍청이에 사기나 당하고 뒤통수나 맞는 얼간이지만 이번에는 술래가 절대 날 잡을 수 없는 곳으로 갈 계획이었다.

슬쩍 바깥을 살핀 뒤 옥상으로 향했다. 이 순간을 위해 며칠 동안 아껴둔 마지막 담배 한 개비를 피울 생각이었다. 더불어 챙겨올 것도 있었다.

옥상에 오르니 서늘한 바람이 불었다. 가을이구나. 계절 가는 줄도 모르고 있었구나 싶었다. 나는 조심스레 주위를 둘러봤다. 일몰이라고는 하지만 오늘따라 유독 컴컴했다. 주위 가로등이 모두 꺼져 있었다. 이상했지만 내게는 오히려 잘된 일이었다.

"다른 사람들한테는 미안하지만."

그렇게 중얼거리며 가위를 들었다. 그러고는 재빨리 빨랫줄을 잘랐다. 들킬 일이 없다는 걸 알면서도 심장이 두근거렸다. 역시나 나는 소심한 인간이었다. 자른 빨랫줄을 주머니에 넣은 뒤 담배를 꺼냈다. 워낙 오래 가지고 있어 꾸깃꾸깃한 담배에 불을 붙였다.

찰칵.

싸구려 라이터는 어김없이 불발이었다.

찰칵.

찰칵.

몇 번을 더 시도하자 겨우 파르스름한 불빛이 피어올랐다. 그때였다. 옥상 제일 구석, 어둠이 잠식한 그곳에서 갑자기 목소리가 날아들었다.

"이름이…… 뭐야?"

나는 놀라서 담배를 떨어뜨렸다. 누가 있을 거라고는 상상도 못 했지만 그것보다 목소리가 너무나 기괴했다. 사람의 성대를 믹서에 넣고 갈면 저런 소리가 나오지 않을까 싶은, 소름 끼치는 목소리였다. 더욱 섬뜩한 건 목소리가 귀에 익다는 사실이었다.

"누, 누구……."

나는 어둠 속을 향해 말했다. 목소리의 주인은 어둠에 완벽하게 숨어 형체조차 보이지 않았다. 다만 저기, 바로 저곳에 맹수처럼 도사리고 있다는 사실만은 분명했다. 갈라진 성대를 하고서.

"이름…… 가르쳐 줘."

누구지? 누구기에 저 목소리가 귀에 익은 거지?

아무리 생각해도 떠오르지 않았다. 빚쟁이들 중에서도 저런 목소리를 가진 인간은 없었다. 게다가 왜 자꾸 이름을 가르쳐

달라는 걸까?

"누구 찾으시는데요?"

내가 물었다. 대답이 돌아오지 않았다. 나는 괜히 섬뜩해져 라이터를 바지 주머니에 넣은 후 서둘러 계단으로 향했다. 누군지는 몰라도 엮이면 안 될 것 같았다. 본능이 그렇게 말하고 있었다. 빨리 도망가라고. 도망가서, 하려던 일이나 제대로 하라고.

스읔.

뒤에서 그 사람이 움직이는 게 느껴졌다. 그런 뒤 다시 목소리가 들렸다.

"혹시…… 조…… 상…… 우?"

"그런 사람 몰라요!"

큰소리로 외친 뒤 옥상을 달려 내려왔다. 지하에 있는 내 방으로 들어가 문을 잠그고 나서야 비로소 안심이 됐다.

"무서워 죽을 뻔했네. 도대체 뭐야?"

나는 숨을 몰아쉬면서도 주머니에서 빨랫줄을 꺼냈다. 그 사람의 정체가 뭔지, 어떻게 나를 알고 있는지, 왜 그 목소리가 귀에 익는 건지 궁금증이 꼬리에 꼬리를 물었지만 지금 중요한 건 그게 아니었다. 마지막 담배를 못 피운 건 못내 아쉬웠지만 이제는 계획을 실행해 옮겨야 할 때였다.

앉은뱅이 식탁을 밟고 올라가 가스 배관에 빨랫줄을 묶었다. 줄의 한쪽은 인터넷에서 본 대로 동그랗게 매듭을 지었다. 몇 분밖에 걸리지 않았다. 죽어야겠다고 결심하기까지 몇 달이나 걸렸는데 막상 실행에 옮기는 건 찰나다 싶어 쓴웃음이 나왔다. 놀랐던 가슴도 어느새 진정이 됐다. 그게 누구이건, 목적이 무엇이건 난 이제 아무도 날 잡을 수 없는 곳으로 떠날 것이다.

"하아."

한숨이 나오는 건 어쩔 수 없었다. 하지만 딱 한 번만 쉬었다. 그러고는 목에 빨랫줄을 걸었다. 망설임 없이.

망설이기에는 이제 더는 도망칠 힘이 없었다. 나 하나만 죽으면 모든 게 깨끗이 해결될 터였다. 목에 닿는 빨랫줄의 꺼끌꺼끌한 감촉이 거슬렸지만 죽는 마당에 그런 것쯤 깨끗이 무시하기로 했다. 이제 준비는 끝났다. 마지막으로, 밟고 올라선 앉은뱅이 식탁을 걷어차기만 한다면…….

쾅쾅쾅!

갑자기 현관문 두드리는 소리가 들렸다. 흠칫 놀라 하마터면 마음의 준비도 못 한 상태로 식탁에서 발을 뗄 뻔했다.

나는 숨을 고른 후 현관문을 바라봤다.

쾅쾅쾅!

정체 모를 누군가는 집요하게 문을 두드려댔다. 빚쟁이들은 아니다. 그 인간들은 법의 테두리 안에서 괴롭히는 온갖 방법을 이미 터득하고 있었다. 굳이 일몰 이후에 찾아오는 무리수를 두지는 않을 것이다. 배달도 아니고, 집주인도 아니고, 그렇다면 혹시 아까 옥상에서 마주쳤던 그 사람? 그 생각을 하자 오싹 소름이 돋았다.

다행히 내 의문은 곧 풀렸다.

"조상우, 상우야. 빨리 문 좀 열어줘."

가희였다. 못 본 지 오래되었지만 분명 가희 목소리였다. 누군가를 지울 때 가장 마지막까지 남는 게 목소리라고 하지 않던가. 뜬금없이 감상적인 생각이 떠올랐지만 바로 고개를 저어 털어냈다.

가희가 왜 날 찾아왔지? 그것보다, 우리 집은 어떻게 알고 온 걸까? 설마…… 돈을 빌려 달라거나, 보증을 서 달라는 건 아니겠지?

옥상에서처럼 연달아 질문이 떠올랐지만 지금은 답을 얻을 생각이 없었다. 아마 난 끝까지 궁금해하면서 죽겠지. 첫사랑이자 짝사랑 상대였던 가희가, 오랫동안 못 봤던 가희가 하필 마지막 순간에 왜 날 찾아왔는지…….

순간 발이 미끄러졌다. 식탁이 넘어졌다. 몸이 허공에 떴다.

컥!

빨랫줄이 숨통을 죄어오는 건 찰나였다. 철없이 새빨간 그 줄이 목을 파고드는 순간 두 눈이 튀어나올 것 같은 고통이 뒤따랐다. 온몸이 저절로 떨렸다. 발버둥을 칠수록 숨은 더 막혀왔다. 심장이 터질 것처럼 뛰었고 눈앞에서 빛이 번쩍번쩍 튀었다.

아…… 이게 아닌데…… 내가 원했던 삶은, 원했던 최후는 이게 아닌데…….

후회가 밀물처럼 몰려들었다. 그리고 나는 깨달았다.

죽는다.

사람 좋다, 남자답다, 정의롭다 같은 허울 좋은 말에 속아 사기란 사기는 다 당해 패가망신한 채로 그 옛날의 골목대장 조상우는 이렇게 죽는다.

난 왜 한 번도 반격조차 못 했을까?

그 생각을 마지막으로 나는 까무룩 의식을 잃었다.

"그게 돌아왔어. 친구들을 구할 사람은 너밖에 없어."

가희의 목소리가 들린 것도 같았지만 환청인지 아닌지 판단할 수 없었다. 나는…… 완전히 죽었으니까.

"상우야, 조상우."

내 이름을 부르는 소리에 눈을 떴다. 눈부신 햇살이 내리쬐고 있었다. 새소리가 들렸다. 시원한 바람이 머리카락을 스치며 지나갔다.

천국인가?

그럴 리 없다는 걸 알면서도 한 줄기 희망을 품었다. 자살한 인간은 지옥에 떨어진다고는 하지만 지금까지 내 인생이 불쌍해 천국에 보내줬을지도 모른다. 신이라면 그 정도 아량은 있겠지.

청량하고 상쾌한 공기가 코를 자극했다. 한없이 평화로운 분위기였다. 역시 천국이구나 하는 생각에 히죽 웃었다.

그때였다.

"왜 웃고만 있어? 일어났으면 빨리 가자."

눈앞으로 작은 손이 쑥 들어왔다. 정확하게 말하자면 작고 통통한 손이었다. 그제야 나는 무언가가 이상하다는 사실을 깨달았다. 다시 한번 눈을 감았다가 떴다. 초등학생 넷이 각기 다른 표정으로 나를 내려다보고 있었다. 모두 낯익은 얼굴들이었다.

"뭐 하고 놀 건지 대장이 정해줘야지."

해맑게 웃으며 말하는 애는 최슬기였다.

"어른들 몰래 여기까지 왔는데 너 혼자 자는 게 어디 있어?"

안경을 고쳐 쓰며 말한 녀석은 김동민이었다.

"자, 내 손 잡고 일어나."

아까부터 손을 내밀고 있던 통통한 얼굴의 남학생은 박용식이었다. 그리고…… 무뚝뚝한 표정의 이가희가 팔짱을 낀 채 나를 보고 있었다.

"잠깐. 너희들 지금……."

나는 말을 잇지 못하고 초등학교 시절 둘도 없는 친구였던 네 녀석을 바라봤다. 뭐가 어떻게 된 건지 알 수 없었다. 천국이라는 게 고작 초등학교 시절을 재현해 놓은 건가? 아니면 나로서는 이해할 수 없는 사후세계인 건가? 죽기 전에 옛 기억이 주마등처럼 스친다더니 그렇다면 난 아직 죽지 않은 건가?

"빨리 일어나. 좀 있으면 해가 진단 말이야."

얼떨결에 용식의 손을 잡고 일어났다. 그 순간 나는 알아챘다. 친구들만 초등학교 5학년 모습일 뿐 나는 마흔둘의 아저씨 몸이라는 걸. 녀석들보다 훌쩍 크긴 했지만 대신에 아랫배가 불룩 나오고 손가락 마디마다 굳은살이 잔뜩 박였다. 후줄근한 반바지 아래로 드러난 다리에는 털이 북슬북슬했다. 녀석들은 내가 이상하다는 사실을 전혀 모르는 눈치였다.

"대장. 근데 여기 정말 괜찮겠지? 아무 일 없겠지?"

슬기가 물었다. 잔뜩 긴장한 표정이었다.

"여기? 여기가 어딘데?"

나는 그렇게 묻고 말았다. 그러자 동민이 혀를 끌끌 찼다.

"나 참. 또 저런다니까. 썰렁한 농담 그만해. 자기가 오자고 했으면서. 여기 그림자언덕이잖아."

"그림자…… 아! 그림자언덕?"

기억났다. 그 순간 누가 내 옆구리를 쿡 찔렀다. 고개를 돌리니 가희가 나를 올려다보고 있었다. 초등학생답지 않은 어둡고 속 깊어 보이는 표정으로. 그러고 보니 가희는 언제나 그랬다. 무당의 딸이라고 늘 손가락질받으며 자랐으니 그런 표정이었는지도 모르겠다. 그랬기에 도와주고 싶었고, 그랬기에 좋아했던 건지도 모르겠다. 아무튼 어린 가희가 내게 속삭이듯 말했다.

"30년 전 그때와 똑같아야 해. 얼음땡. 그거야."

"응?"

가희는 그 말만 하고 돌아서서 툭 튀어나온 바위 위에 혼자 앉았다. 자기들끼리 이야기를 나누던 나머지 셋은 이제 내 얼굴만 바라보고 있었다. 나는 빠르게 머리를 굴렸다. 힌트는 이미 다 나온 것 같았다.

그림자언덕은 귀신이 나오니 어른들이 절대 가면 안 되는 곳이라 했다. 초등학교 5학년 때, 그러니까 30년 전 그때 우린 분명 그 그림자언덕으로 갔다. 가서는…… 해가 지기 직전, 누군가와 얼음땡 놀이를 했다. 그리고 끔찍하고 무서운 일이…….

맞아!

"생각났어!"

나도 모르게 큰소리로 외쳤다. 30년 전 그날, 그러니까 바로 오늘 우리에게 무슨 일이 생길 건지 나는 알고 있었다. 마흔둘이 된 조상우는 이미 겪어 봤으니까. 그런데 어린 가희는 도대체 어떻게 아는 거지? 결과를 안다면 얼음땡 같은 건 하지 않고 바로 내려가야 하는 거 아닌가? 내가 혼란스러운 머릿속을 정리하고 있을 때 가희가 선수를 쳤다.

"상우가 생각났다고 하잖아. 상우, 아까부터 얼음땡 하고 싶어 했거든. 상우가 제일 좋아하는 놀이가 그거니까."

"아니. 그, 그게 아니고."

"좋아! 얼음땡 나도 하고 싶었어!"

슬기가 바로 찬성했다.

"하긴 여기는 넓고 평평해서 술래 피해 도망치기 좋긴 하겠다."

동민은 심드렁한 표정치고는 눈빛은 누구보다 반짝였다. 하긴, 옛날부터 그랬다. 녀석은 전교 1등을 도맡아 하면서도 운동에는 영 젬병이었다. 그런데도 우리와 놀 때는 적극적으로 뛰고 굴렀다.

"좋아. 대장 말대로 얼음땡 하자! 그런데 여긴 하나도 안 무서운 곳이잖아?"

용식은 싱글싱글 웃으며 말했다. 웃을 때마다 눈이 작아지고 상대적으로 볼은 볼록 튀어나와서 용식은 미워하려야 미워할 수 없는 인상이었다. 성격도 인상만큼이나 서글서글했다.

"다 소문일 뿐이라니까."

동민이 한껏 목소리를 높였다.

"그럼 날이 저물어도 귀신같은 건 안 나오는 거지? 맞지?"

슬기는 여전히 불안한 표정이었다.

"어? 우린 귀신 나오면 너 놔두고 도망칠 건데?"

용식이 장난스럽게 말하자 슬기는 대번에 정색했다.

"흥! 대장이 나 챙겨줄 거다, 뭐!"

"귀신 안 나온다니까. 그건 그러니까, 다 전설이야, 전설. 아니, 헛소문이지."

동민이 말했다.

해 질 녘에는 그림자언덕에 절대 가면 안 돼!

그건 우리 마을에 두고두고 내려오는 경고였다. 그림자언덕은 다른 길로 통하지 않고 저 혼자 우뚝 솟아 있었다. 어른들 말로는 원래 옆 마을로 통하는 길이 있었는데 자주 귀신이 나와 사람들을 괴롭히는 통에 그 길을 없애버렸다고 한다. 그래서 그림자언덕은 아주 큰 무덤처럼도 보였다. 아이들은 그림자언덕에 가는 걸, 해가 질 때쯤 거기 가서 노는 걸 자신의 용기를 시험하는 일이라 여겼다. 내가 알기로는 그 용기를 시험해본 내 또래는 아무도 없었다. 그날, 나와 친구들이 그림자언덕에 오르기 전까지는.

"도대체 무슨 일이야?"

나는 친구들이 티격태격하는 사이 가희에게 다가가 재빨리 물었다.

"길게 설명할 시간이 없어."

가희는 뉘엿뉘엿 해가 지기 시작하는 서쪽 하늘을 보며 말했다.

"어떻게 된 상황인지만 설명해줘. 넌 뭔가를 알고 있잖아. 그렇지?"

반지하 월세방에서 목을 맨 마흔둘의 내가 왜 30년 전의 어린 시절로, 그것도 이렇게 극적인 순간으로 오게 되었는지 너무 궁금했다. 다른 친구들과 똑같이 어린 모습을 하고 있는 가희가 어떻게 모든 걸 아는 것처럼 구는지 그것도 궁금했고.

"너도 기억할 거야. 오늘 여기서 어떤 일이 벌어졌었는지. 우린 도망쳤다고 생각했지만 술래는 30년간 계속 우릴 찾고 있었어. 그리고 우리 친구들은 지금 모두 얼음이 됐어. 땡을 해주고 술래를 따돌릴 사람은 너밖에 없어!"

"뭐?"

그게 도대체 무슨 말이냐고 다시 물으려는데 갑자기 거대한 그림자가 머리 위로 드리웠다. 나는 하늘을 올려다봤다. 폭발 직전의 빚쟁이처럼 잔뜩 찌푸린 구름이 기울기 시작한 해를 가리고 있었다. 구름은 덩치가 컸고, 찰흙을 꾹꾹 누른 뒤 아무렇게나 주물러 놓은 것처럼 기괴한 모양이었다.

똑같았다. 정말로, 30년 전 그때와 똑같았다. 그날도 구름이 드리우기 시작하면서 빠르게 어둠이 몰려왔다. 어둠은 복리 이자처럼 눈 깜박할 새에 불어나 곧 그림자언덕을 집어삼켰다. 아니, 집어삼킬 것이다.

"술래를 뽑자."

용식이 말했다. 녀석은 성공한 벤처사업가가 되어 바쁘게 살아가지만 여전히 통통한 얼굴과 몸매는 유지 중이다.

"가위바위보 할 거지?"

슬기가 물었다. 겁 많던 슬기는 성형외과 의사가 돼 돈을 쓸어 모으고 있다.

"술래가 너무 세면 재미없는데."

투덜거리기 좋아했던 동민은 유명 소설가가 되어 청춘 멘토니 뭐니 하면서 꿈과 희망의 전도사 노릇을 하고 있다.

"걱정하지 마. 얼음이 돼도 땡을 해줄 친구가 있잖아."

가희는 나를 슬쩍 보며 말했다. 가희는 결국 어머니의 대를 이어 무당이 됐다. 강남에서 제일 잘 나간다는 소문을 들었다.

결국, 모두 성공했다. 꿈을 이뤘다. 골목대장이었던 나만 빼고. 가끔 친구들 소식을 들을 때면 나만 얼음이 된 채 꼼짝도 못

하고 있는 것 같았다. 아무도 내게 달려와 "땡!" 하고 외쳐주지 않았다. 그랬는데…… 아무것도 못 된 내가 녀석들을 도와야 한다고?

"상우야."

용식이 나를 불렀다.

"응?"

그제야 난 현실로 돌아왔다.

"아까부터 무슨 생각을 해? 가위바위보 하자니까. 술래 정해야지."

"잠깐 기다려 봐."

나는 친구들을 향해 말했다. 지금까지 모든 과정이 30년 전 그때와 똑같았다. 우린 늦은 오후에 어른들 몰래 그림자언덕에 올라왔고 내가 얼음땡을 하자고 했으며 용식이 가위바위보를 외쳤다. 그다음, 그다음이 중요했다. 우리가 술래를 뽑으려던 바로 그때 '그것'이 나타났으니까.

"같이 놀자."

우리들 뒤에서 목소리가 들렸다. 아주 여리고 낮은 목소리였다. 후, 하고 불면 꺼질 것 같은 목소리. 나는 가희와 눈을 마주쳤다. 다른 친구들은 천진한 표정으로 고개를 돌렸다.

"어? 넌 못 보던 앤데?"

용식이 고개를 갸우뚱하며 물었다. 해가 지며 어둠에 물들기 시작하는 숲을 배경으로 작은 아이가 서 있었다. 남자아이인데도 우리 중 제일 작은 슬기와 키가 비슷했다. 그래도 마냥 어려 보이지는 않았다.

"너 우리 학교 아니지? 어디서 왔어?"

동민이 그렇게 물으며 아이에게, 아니 '그것'에게 다가갔다.

"안……."

동민을 막으려는 순간 가희가 내 팔을 잡았다. 그러고는 고개를 저었다. 나는 멈칫했다. 가희는 눈으로 말하고 있었다. 그대로 두라고. 그래야 해결된다고.

나는 우리 앞에 나타난 그것을 노려봤다. 30년 전 오늘, 우리를 공포에 몰아넣었던 그것 역시 물끄러미 나를 바라봤다.

"내가 술래 할 테니까 같이 하자. 얼음땡. 난 같이 놀 친구를 기다렸어."

그것이 말했다. 나는 주먹을 꽉 쥐었다. 저 말의 의미를 이제는 잘 알고 있으니까.

"내가 정리한 걸 말해볼게. 맞으면 고개만 끄덕여."

나는 가희를 향해 낮고 빠르게 말했다. 나머지 셋은 새로 나타난 친구에게 이것저것 묻고 있었다. 작고 평화로운 마을이었고, 낯선 이에 대한 경계심을 가지기에는 우린 너무 어렸다.

"지금 이건 30년 전 상황이 그대로 재현되는 거야. 맞지?"

가희는 고개를 끄덕였다.

"30년 전에 우린 운 좋게 저걸 따돌렸어. 하지만 저건 술래가 되어 우릴 계속 찾고 있었던 거고. 이것도 맞지?"

나는 또래 모습으로 가장한 저 무시무시한 귀신에게서 눈을 떼지 않은 채 다시 물었다. 30년 전 오늘의 기억이 선명하게 떠올랐다.

우리는 갑자기 나타난 낯선 아이와 함께 얼음땡을 했다. 같이 놀 친구를 기다렸다던 그 아이가 술래를 자청했다.

"하나…… 둘…… 셋……."

술래가 등을 돌린 채 다섯을 세는 동안 우리는 멀찌감치 떨어졌다. 해가 지고 있었다. 땅거미가 내려앉기 시작했고 덩달아 우리 그림자도 길어졌다. 해 질 무렵 불빛 한 점 없는 그림자언덕에서 얼음땡 놀이라니, 우린 마냥 짜릿하기만 했다. 그때까지는 몰랐다. 어떤 일이 우리를 기다리고 있을지.

"…… 다섯."

숫자 세기가 끝났다. 술래는 여전히 등을 돌리고 있었다. 자그마한 체구인데도 그 아이의 그림자는 유독 길고 컸다.

"뭐해? 빨리 잡아야지."

우리 중 누군가가 그렇게 말했다. 다음 순간, 술래가 우리를 돌아보며 말했다. 손가락으로 칠판을 긁는 듯 높고 거슬리는 목소리로. 아니면 성대를 믹서에 간 듯한 목소리로.

"잡는다."

"으악!"

누가 먼저 비명을 질렀는지는 모르겠다. 슬기일 수도, 동민일 수도 있다. 어쩌면 나였을지도. 방금까지 평범한 소년의 모습이던 술래가 검은 그림자처럼 변한 모습을 보고 놀라지 않을 사람은 없을 테니까. 술래의 두 눈만 붉은색으로 번들거렸다.

"잡는다."

술래가 다시 말하며 한 발을 내딛는 순간 오싹한 기운이 내 몸을 훑고 지나갔다. 바람이 불었다. 차디찬 바람이었다. 새소리가 사라졌다는 걸 그제야 깨달았다. 풀벌레도 울지 않았다.

"으앙! 무서워."

슬기가 울음을 터트렸다.

"싫어. 나 안 할래."

동민이 말했다.

"나, 나도."

용식도 말했다.

"안 돼. 너희들이…… 같이…… 놀자고…… 했잖아. 놀이는…… 안 끝나. 절대!"

술래의 말은 뚝뚝 끊겼다. 그 말을 하는 동안에도 몸이 점점 불어나 검은색 덩어리처럼 변했기 때문이었다. 술래가, 그 큰 몸을 움직여 단번에 다가왔다.

"도망쳐!"

내가 외쳤다. 어린 나이지만 직감적으로 알았다. 잡히면 죽는다는 걸.

"잡는다!"

술래가 소리치며 달려왔다. 붉게 타오르는 눈빛이 우리 모두를 찔렀다. 도망치라고 외치기는 했지만 나도 움직이지 못했다. 그때였다.

"얼음을 외쳐!"

가희가 소리쳤고 그걸 신호로 우리도 도망치기 시작했다. 그림자언덕은 넓지 않았다. 조금만 달려도 울창한 숲에 가로막혔다. 숨을 만한 바위도 거의 없었다. 술래에게 잡히지 않으려면 필사적으로 빙글빙글 언덕 주위를 도는 게 최선이었다.

내가 그랬다. 숲을 왼쪽에 두고 계속 달렸다. 달리기라면 자신 있었다. 하지만 다른 친구들이 걱정됐다. 그때였다.

"얼음!"

슬기의 다급한 목소리가 들렸다. 뒤를 돌아보니 슬기가 두 손을 가슴 앞으로 모은 채로 고개까지 숙이고는 꼼짝도 않고 서 있었다. 술래는 슬기를 지나쳐 갔다. 그 순간 나는 봤다. 슬기의 발에서부터 하얗게 서리가 일어 다리를 타고 몸으로 올라가는 것을.

설마, 진짜 얼어붙는다고?

"땡을 해주지 않으면 다 저렇게 되나 봐!"

내 근처에 있던 가희가 그렇게 소리쳤다. 순간 동민의 목소리가 울려 퍼졌다.

"얼음!"

동민 역시 놀라서 눈을 크게 뜨고 입을 벌린 자세 그대로 꼼짝도 못 하고 얼기 시작했다. 이제 남은 건 용식과 나, 그리고 가희뿐이었다. 술래는 어떻게 된 일인지 아까보다 몸집이 더 커졌다. 키 큰 허수아비가 검은 천을 둘러쓴 것 같았다. 붉은 눈만은 그대로였다. 빨갛고 서늘한 눈빛이 용식에게로 향했다.

용식은 술래와 눈이 마주치지마자 도망쳤다. 나는 그 틈을 놓치지 않았다. 제일 가까이 있는 동민에게로 달려가 땡을 하려 했다. 그때였다.

슈우욱!

술래의 검은 팔이 거짓말처럼 길게 뻗어와 나를 낚아채려 했다. 나는 몸을 굴려 간신히 피했다. 그때 용식이 소리쳤다.

"얼음!"

남은 건 둘이었다. 심장이 쿵쾅쿵쾅 뛰었다. 팔다리가 덜덜 떨렸다. 마을로 도망쳐 내려가고 싶었지만 친구들을 버려둘 순 없었다. 내가, 골목대장 조상우가 땡을 해줘야 했다.

"내가 주위를 끌 테니까 다른 애들을 살려줘."

가희가 말했다. 그러고는 술래를 향해 뛰어갔다.

"안 돼!"

내가 소리쳤지만 소용없었다. 술래는 검은 천 같은 몸을 펄럭이며 가희를 감싸려고 했다. 나는 다시 동민을 향해 손을 뻗었다.

"얼음!"

가희 목소리가 들렸다. 조금만 더, 조금만 더 다가가면 동민을 건드리며 땡을 외칠 수 있을 것 같았다.

바로 그 순간 툭 튀어나온 돌부리에 발이 걸리고 말았다. 나는 넘어지면서도 동민을 치려고 했지만 한 뼘이 모자랐다.

"아!"

날카롭고 서늘한 기운을 느끼며 나는 재빨리 일어났다. 술래가 바로 앞에 있었다. 어둠이 꿈틀거렸다. 그 순간 술래가 웃고 있다는 걸 깨달았다.

"모두 얼음으로 만들거나 한 명을 잡아 술래로 만들면 내가 이기는 거 맞지?"

술래가 물었다. 나는 아무 말도 안 했다. 그저 마른침을 삼키며 술래 눈을 똑바로 노려볼 뿐이었다. 얼음을 외치지도 않았는데 이미 움직일 수 없었다.

"그러면 난 이 지긋지긋한 곳에서 벗어나……."

그때였다.

내 뒤쪽에서 강렬한 빛이 비친다 싶더니 큰 목소리가 들렸다.

"썩 물러가라!"

나는 술래의 표정이 일그러지는 걸 보며 고개를 돌렸다. 무당인 가희 어머니를 선두로 마을 어른들이 손전등과 횃불 같은 걸 들고 달려 올라오고 있었다. 어둡던 그림자언덕에 빛이 가득 퍼져나갔다.

"으아아!"

술래는 괴로운 듯 그런 소리를 내더니 순식간에 작아졌다. 가희 어머니는 술래를 향해 손전등을 더 가까이 들이댔다. 술래는 삽시간에 쪼그라들었다. 나는 그사이에 동민을 건드리며 외쳤다.

"땡!"

그러자 얼어있던 동민이 "헉!" 하고 숨을 토해냈다. 동민은 어떻게 된 일인지 모르겠다는 표정으로 나를 바라봤다. 나는 그런 동민을 향해 말했다.

"빨리 슬기 땡 해줘!"

그런 뒤 나는 가희에게로 달려가 어깨를 치며 말했다.

"땡!"

가희는 움찔하더니 부르르 몸을 한 번 떨고는 천천히 고개를 들었다.

"너희들 어서 이쪽으로 와!"

마을 이장님이 화난 표정으로 불렀고, 우리 다섯은 후다닥 달려서 어른들 뒤에 숨었다. 그 사이 손전등과 횃불 불빛에 둘러싸인 술래는 길고 긴 그림자만 남긴 채 아예 사라져 버렸다. 하지만 마지막으로 남긴 목소리만은 그림자언덕에 크게 울려 퍼졌다.

"다시 돌아와. 놀이를 끝낼 거야!"

그 이후의 일은 어린 우리들이 이해하기에 좀 복잡했다. 가희 엄마가 이상한 기운을 느끼고 마을 사람들과 함께 우릴 구하러 왔다는 것 정도는 알아들었다. 하지만 그림자언덕에 금줄을 둘러 결계를 만들었다는 건 무슨 말인지 알 수 없었다. 그림자언덕은 마을 사람 누구도 올라가지 못하는 장소가 됐고 해마다 언덕 밑에서 제사 같은 것도 지냈다.

우리가 본 건 무엇이었을까?

한참 후 다섯이 모여 의논을 했지만 결론을 낼 수는 없었다. 그저 귀신이었다고만 생각했고, 그 생각마저 30년이 흐르면서는 먼지가 끼고 거미줄이 가로지르며 무의식 깊숙한 곳으로 가라앉고 말았다. 그랬는데, 그렇게 끝난 줄 알았는데 술래는 벼르고 있었던 것이다.

"30년 후에 나타난 술래를 피하기 위해 다 얼음이 됐다는 건 무슨 뜻이야? 그건 말해줘."

내가 묻자 가희가 정면에서 눈을 떼지 않은 채 재빨리 설명했다.

"용식이 시작이었어. 나한테 '술래가 다시 나타났어!'라고 메시지를 보낸 뒤 연락이 없었어. 아마 얼음이 돼서 굳어가고 있을 거야. 내가 전화를 했지만 슬기도 연락을 안 받았었어. 동민이도 그 사실을 알고 날 찾아왔는데 그 순간 술래가 나타난 거야. 아마 옛날에 엄마가 친 결계가 뚫렸나 봐."

"너도, 그리고 다른 친구들도 술래를 만났고…… 안 잡히려고 얼음이 된 거다?"

"맞아. 우리 모두 위급한 상황이야. 살리려면 방법은 하나뿐이야. 가서 땡을 하는 거지."

"그런데 왜 30년 전 상황이 재현되는 거야? 저 술래가 우릴 부른 거야?"

가희는 잠시 숨을 고르다가 천천히, 그러나 또똑한 발음으로 말했다.

"내가 그랬어. 마지막 힘을 짜내 놈을 여기로 몰아넣었어. 그리고 너도."

"뭐? 그게 무슨……."

"너에겐 미안하지만 우릴 구해줄 사람은 너밖에 없어. 술래를 따돌리고 모두 땡을 해줘야 해!"

"잠깐, 설명을 좀 더……."

내 말이 끝나기도 전에 그 소리가 들렸다.

"하나…… 둘…… 셋……."

어느새 술래가 수를 세고 있었다. 나는 당황해서 주위를 둘러봤다. 친구들은 그때와 마찬가지로 멀찌감치 떨어져 있었다. 무언가 이상했다. 친구들 모두 움직이지 않았다. 그저 떨어져서 서 있을 뿐이었다. 마치 처음부터 얼음이 된 것처럼. 그 순간 술래가 고개를 돌렸다. '그것'은 이글이글 불타오르는 눈으로 나를 쏘아봤다.

"너만 남았네?"

술래가 말했다. 바로 그 거슬리는 쇳소리로.

"오, 오지 마!"

나는 주춤주춤 뒤로 물러섰다. 무서웠다. 진짜로 무서웠다. 사채업자들이 문을 두드려대며 쌍욕을 퍼부을 때보다 훨씬 무서웠다. 30년 전 그때 난 대장이었다. 아빠 없이 엄마하고만 사는 애, 마을에서 제일 작고 낡은 집에서 사는 애, 공부도 지지리 못하고 선생님한테 매일 야단만 듣는 애와 기꺼이 어울려준 친구들을 위해서라면 못할 게 없던 골목대장이었다. 그랬기에, 무서웠지만 움직일 수 있었다. 소리칠 수 있었다. 얼음이 된 친구들을 향해 기꺼이 내 몸을 날릴 수 있었다. 하지만…….

"제발 살려줘! 제발!"

지금의 나는 대장도 뭐도 아니었다. 마흔이 넘도록 제대로 된 직장 하나 못 갖고 근근이 살아가는 아저씨일 뿐이었다. 빚만 잔뜩 진, 탈모가 오기 시작한, 아랫배가 불룩 튀어나온, 그리고 자살을 시도한 패배자.

"너만 잡으면 내가 이기는 거야."

술래가 말했다. 그러고는 나를 향해 달려왔다. 크고 검은 형체를 일렁이면서. 놈은 점점 몸피를 불려 나갔다.

"으악!"

나는 비명을 지르며 무작정 도망쳤다. 숲으로 들어갔다. 나무가 빽빽해 그나마 숨을 곳이 있을 것 같았다. 이제 해가 완전히 떨어지기 일보 직전이었다. 숲속은 더 어두웠다. 나는 본능적으로 알 수 있었다. 어둠 속에서는 놈이, 술래가 훨씬 더 강력해진다는 것을.

커다란 참나무 뒤에 숨어 기척을 살폈다. 이제는 조금만 달려도 무릎이 아프고 숨이 가빠왔다. 종일 마을을 뛰어다녀도 지치지 않았던 그 시절은 어디로 가버린 걸까? 좋았던 순간은 왜 늘 연기처럼 흔적도 없이 사라지는 걸까?

초등학교 시절에 내가 제일 좋아했던 놀이가 바로 얼음땡이었다. 힘으로 겨루는 '오징어 달구지'는 슬기나 가희에게 불리했다. 그냥 술래잡기는 도망치느라 서로 힘만 들었다. 얼음땡은 달랐다. 내가 얼음이 되어도 친구와 와서 구해주리라는 희망을 품을 수 있었다. 최후의 한 사람만 남더라도 친구에게 땡만 해줄 수 있으면 역전이 가능했다.

나는 공장에 취직한 엄마를 따라 초등학교를 졸업하자마자 도시로 이사했다. 더 작고, 더 낡고, 더 냄새나는 집에 살게 되었고 햇빛조차 들지 않았지만 내겐 희망이 있었다. 누군가가 반드시 '땡'을 해주리라는 희망. 그 누군가가 돈을 벌려고 떠났다는 아빠일 거라 생각했다. 아니면 엄마가 매주 사는 복권일 수도 있겠다 싶었다. 하지만 그런 일은 일어나지 않았다. 땡만으로 되살아나는 건 놀이에서나 가능한 일이었고, 난 그걸 아주 늦게야 깨달았다.

한기가 엄습했다. 술래가 가까이 다가왔다는 신호였다. 나는 비명이 터져 나올까 봐 입술을 꽉 깨물었다. 다리가 덜덜 떨렸지만 이대로 있다가는 잡힐 게 뻔했다. 최대한 발소리를 죽여 더 안쪽으로 들어갔다. 길쭉하고 짙은 그림자가 소리도 없이 땅에 드리웠다. 술래가 바로 근처에 있었다.

나는 최대한 머리를 굴렸다. 기억이 정확하다면 이 숲을 그대로 통과하면 다른 마을로 내려갈 수 있었다. 거기로 간다면 살 수 있지 않을까? 적어도 빛이 있는 곳까지만 피한다면 술래가 더는 쫓아오지 못할 것 같았다. 30년 전 그때도 술래는 빛에 약했으니까.

좋아. 그렇게 하자!

결심했다. 미친 듯이 달린다면 어쨌든 도망은 칠 수 있을 것 같았다. 그때였다. 가희가 했던 말이 불쑥 떠올랐다.

우릴 구해줄 사람은 너밖에 없어.

아니야!

하마터면 그렇게 외칠 뻔했다. 나는 주먹을 꽉 쥐었다. 아니다. 가희가 잘못 생각했다. 나는 그럴 힘이 없었다. 초등학교 시절의 골목대장 조상우는 이미 예전에 죽었다.

"상우야. 나는 말이야, 널 참 좋아했다. 이젠 편하게 얘기할 수 있는데 초등학교 때 넌 진짜 멋졌거든. 난 네가 없었으면 소심하고 겁 많은 최슬기 그대로 자랐을 거야. 아마 의사가 못 됐을지도 몰라."

몇 해 전, 슬기는 내게 그렇게 말했다. 동창회였고 모두 거나 하게 취한 상태였다. 다들 앞뒤가 맞지도 않는 말을 서로 떠들기 바빴던 그때 슬기는 내 옆자리로 찾아와 웃으며 그 말을 했다. 그러면서 내 주머니에 두툼한 봉투를 찔러 넣어줬다. 나는 이게 뭐냐고 묻지 않았다. 어색하게 웃으며 술잔을 기울였다.

동민은 내가 제일 힘들었던 시절 허구한 날 불러내 술이며 고기를 사줬다. 그때는 녀석도 막 등단을 해 벌이가 시원찮던 때였다.

"야! 마셔. 취해서 자고 일어나면 내일이 오잖아. 내일은 뭐 오늘보다 낫겠지. 안 그래?"

용식은 언제나 말없이 돈을 빌려줬다. 아니, 그냥 줬다. 내가 한 번도 갚지 못했으니까. 제일 자주 연락을 했던 이는 가희였다. 내가 살아있는지 확인하려 시답잖은 일로도 전화를 해준다는 걸 나는 잘 알고 있었다.

"젠장."

이번에는 정말로 소리를 내 중얼거리고 말았다.

"젠장!"

한 번 더.

발길을 돌렸다.

우릴 구해줄 사람은 너밖에 없어.

가희 목소리가 귓가에 쩌렁쩌렁 울렸다. 나는 어금니를 꽉 깨

물었다. 그러고 마음먹었다. 녀석들을 구하기로.

"내가 잡는다."

술래 목소리가 숲에 울려 퍼졌다. 얼음장처럼 차가운 목소리였다. 아주 오랜 세월 묵히고 묵힌 원한이 소리로 변한다면 바로 이렇게 될 것이다. 나는 옛 기억을 떠올렸다. 어른들 역시 그것의 정체를 모르기는 마찬가지였다. 불길한 것, 귀신, 혹은 '그슨대'라 부를 뿐이었다. 이름이 무엇이건 저 술래가 사악한 존재라는 사실은 분명했다.

나는 몸을 최대한 낮춘 채 살금살금 움직였다. 절대 뛰지 않았다. 다시 그림자언덕으로 들어가려면 술래 옆을 지나야 할 것 같았다. 섣불리 달렸다가는 바로 들킬 것이다.

"넌 결국 잡힐 거야. 도망만 다니다가 끝날 거라고. 크크크."

술래 목소리가 변했다. 동네에서 소리치던 바로 그 사채업자 목소리였다.

"그러니까 빨리 나와! 조상우! 크크크."

귀를 막고 싶었다. 다리가 덜덜 떨려 주저앉을 것만 같았다. 버텨야 한다. 견뎌야 한다. 친구들을 구해야 한다!

오직 그 생각만으로 겨우 움직였다. 이제 주위는 완전히 어두워졌다. 두꺼운 구름이 달을 가리고 있었다. 나무도 윤곽만 보일 정도였다. 내 모습도 어둠 속에 잠겨 있을 터였다. 하지만 술래가 나를 못 보고 지나치는 없을 것 같았다. 놈은 어둠 그 자체이니까.

"널 잡으면 꽉 눌러서 숨도 못 쉬게 만들어 버릴 거야."

술래가 다시 말했다. 나는 그사이 바닥을 더듬어 적당한 크기의 돌멩이 하나를 집어 들었다.

"너만 잡으면 난 이곳에서 풀려날 거야! 크크크."

숲 안쪽을 향해 힘껏 돌멩이를 던졌다.

딱!

운이 좋았다. 돌멩이는 바위에라도 부딪힌 것인지 제법 큰소리를 냈다.

스스슥.

돌멩이가 떨어진 곳을 향해 술래가 달려가는 소리가 들렸다. 지금이 기회였다. 나는 그림자언덕으로, 친구들이 얼어붙어 있는 곳으로 전력을 다해 뛰었다.

그때였다.

"찾았다."

갑자기 들린 그 소리에 나는 총이라도 맞은 것처럼 앞으로 고꾸라지고 말았다. 넘어진 그대로 재빨리 몸을 뒤집었다. 술래가 바로 앞에 서 있었다. 일렁이는 어둠이 술래를 감싸며 한없이 커지는 중이었다. 승리감으로 번들거리는 붉은 눈이 나를 쏘아봤다. 그 눈빛 아래에서 나는 꼼짝도 할 수 없었다.

"상우야. 이제 끝이야."

술래가 가희 목소리로 말했다.

"결국 넌 실패했어."

이번에는 용식 목소리였다.

"그럴 줄 알았어. 넌 안 될 줄 알았다고."

동민이었다.

"실망이야."

슬기였다.

"크크크."

마지막은 술래였다. 그것은 기뻐서 못 견디겠다는 듯 몸을 부들부들 떨며 웃어댔다. 그러고는 한 발 다가왔다. 또 한 발. 다시 또 한 발. 어느새 술래가 손만 뻗으면 닿을 거리까지 좁혀졌다. 머릿속이 멍했다. 엉덩이걸음으로 물러났지만 금세 잡힐 것 같았다. 나는 바닥에서 아무 거나 주워 들고는 술래에게 던졌다. 돌멩이도, 나뭇가지도 모두 술래를 통과해 어둠 속 어딘가로 사라져 버렸다.

어둠?

순간 내 주머니 속에 들어있는 최후의 무기가 머릿속을 스치고 지나갔다. 나는 덜덜 떨면서도 바지 주머니를 뒤졌다.

있었다.

"나에게 잡혀도, 네가 얼음이라도 외쳐도 너희 모두 지는 거야. 어떻게 해도 내가 이기는 거라고! 크크크."

"닥쳐!"

나는 주머니에서 라이터를 꺼내 들었다. 편의점에서 파는 싸구려 분홍 라이터였다. 언제나 단번에 켜진 적이 없었다. 라이터는 답답한 내 인생 같았다. 이번에는 달랐다. 간절한 마음을 담아 엄지손가락을 움직인 순간, 마치 기다리고 있었다는 듯 라이터가 켜졌다. 작고 파르스름한 불빛이 한 뼘 정도 어둠을 밝혔다. 한 뼘. 그것으로 충분했다.

"크윽!"

술래는 고통스러운 신음을 토해내며 물러섰다. 나는 라이터를 앞으로 내민 채 천천히 일어났다.

"얼음땡 규칙은 알고 있겠지? 얼음이었던 사람이 모두 살아나면 술래가 영원히 진다는 거."

나는 라이터 불빛에 의지한 채 그렇게 외쳤다. 위태로운 불빛이었지만 어둠 그 자체인 술래는 감히 다가올 생각을 못했다.

"물러서! 꺼지라고!"

라이터를 앞으로 내밀어 술래를 위협하며 뒤로 걸었다. 몇 발만 더, 조금만 더 가면 숲을 빠져나갈 수 있었다. 그러면 바로 그림자언덕이었다.

"크아아!"

술래가 분노와 두려움을 담아 포효했다. 그 순간 날카로운 바람이 불었다. 동시에 라이터가 꺼지고 말았다.

"뭐야?"

당황한 나는 다시 라이터를 켜려고 했다. 찰칵. 찰칵. 그 소리만 공허하게 메아리칠 뿐 불은 되살아나지 않았다. 정면을 바라봤다. 술래가 무서운 속도로 달려오고 있었다.

"으아악!"

이번에는 내가 비명을 질렀다. 달렸다. 뛰었다. 뒤는 돌아보지 않았다. 오직 앞만 보고 온 힘을 다해 도망쳤다. 곧 숲을 벗어났다. 구름이 걷혔는지 마침 달빛이 쏟아져 내렸다. 그림자언덕 곳곳에 얼어붙어 있는 친구들이 보였다. 제일 가까이 있는 건 용식이었다. 나는 용식부터 땡을 해주기로 마음먹었다.

순간, 나를 둘러싼 풍경이 일렁이더니 갑자기 그림자언덕이 사라졌다. 그러고는 아주 자연스럽게, 마치 영화에서 다음 장면으로 넘어가듯 배경이 바뀌었다. 어두컴컴한 실내였고, 책상 여러 개가 보였다.

"여긴 어디야?"

어리둥절한 상태로 중얼거렸다. 분명 그림자언덕에 있었는데 갑자기 어딘가로 떨어져 버렸다. 나는 직감적으로 알아챘다. 이것 역시 가희가 만들어 놓은 상황이라는 걸. 재빨리 주위를 둘러봤다. 술래는 보이지 않았다. 다른 사람 모습도 없었다. 사무실처럼 보이는 공간은 어둠에 싸인 채 적막만 흐르고 있었다.

그때였다.

스윽.

한 줄기 한기가 몸을 스치고 지나갔다. 그러고 보니 사무실 전체에 냉기가 흐르고 있었다. 익숙한 한기이자 냉기였다. 죽음의 언저리에서 맴도는 사악한 존재, 바로 술래가 내뿜는 기운이었다.

방금까지 술래가 이곳에 있었다.

그 사실을 깨닫는 순간 모든 게 분명해졌다. 나는 사무실을 가로질러 안쪽으로 달렸다. 내 기억이 정확하다면 거기에 대표방이 따로 있었다. 용식이 일하는 곳.

"용식아!"

내가 녀석 이름을 막 부른 그 순간, 어둠 속에서 무언가가 와락 달려들었다.

"으악!"

나는 비명과 함께 앞으로 넘어졌다. 머리 위로 술래의 팔이 획 하고 지나갔다. 만약 넘어지지 않았더라면 꼼짝없이 잡혔을 것이다. 심장이 내려앉았다. 생각할 겨를도 없이 순간적으로 몸을 굴렸다.

쿵.

내가 쓰러져 있던 바로 그곳에 술래의 발이 떨어져 내렸다. 술래는 어둠을 흡수해 몸피를 불린 채 나를 내려다보고 있었다. 그 빌어먹을 눈깔이 불타오르는 중이었다. 나는 힐끔 옆을 돌아봤다. 반쯤 열린 방문 안으로 용식이 보였다. 녀석은 자기 책상 앞에 주저앉은 채로 굳어 있었다.

스윽.

술래가 다가왔다. 다시 눈이 마주쳤다. 나는 튕기듯 일어나 용식의 방 안으로 뛰어들었다. 술래의 팔이 쭉 뻗어왔다. 거의 잡힐 것 같던 그때 내가 먼저 용식의 다리를 때렸다. 나는 힘껏 소리쳤다.

"땡!"

바로 그 순간 다시 배경이 바뀌었다. 방금까지와는 전혀 다른 분위기의 장소로.

"어?"

나는 얼빠진 표정으로 고개를 돌렸다. 너무 환한 빛이 쏟아져 당황스러울 정도였다. 벽도, 바닥도, 천장도 모두 흰색이었다. 상황을 파악하기도 전에 피부를 찌르는 듯한 차가운 기운이 먼저 엄습했다. 여기에도 술래가 찾아왔다는 사실은 분명했다. 길게 뻗은 복도를 둘러봤다. 저 멀리 복도 끝에 한 사람이 나타났다. 간호사 복장을 하고 있었다. 퍼뜩 한 사람의 이름이 떠올랐다.

최슬기!

그제야 이곳이 슬기의 성형외과라는 걸 알아챘다. 그렇다는 말은 슬기 역시 어딘가에서 얼음이 된 채 굳어가고 있다는 뜻이었다. 나는 간호사를 향해 외쳤다.

"최슬기 원장님 어디 계신가요?"

간호사는 대답 없이 고개만 푹 숙이고 있었다. 아뿔싸. 나는 곧 실수했다는 사실을 깨달았다. 가희가 만들어 놓은 이 공간에 다른 이가 끼어들 리 없었다. 아니나 다를까, 천장의 조명이 깜박이기 시작했다. 어둠과 빛이 교차했다. 나는 뒤로 물러났다. 그 순간 간호사가 얼굴을 들었다. 저 멀리 떨어져 있었지만 각기 다른 사람의 살을 가져다 붙인 것처럼 누덕누덕 기운 피부만은 똑똑히 보였다.

"헉!"

숨을 삼켰다. 그때 간호사가 달려오기 시작했다. 양손으로 자신의 얼굴을 찢어발기며. 갈가리 찢긴 피부 사이로 술래의 검은 형체가 드러났다.

"으악!"

나는 비명을 지르며 도망쳤다.

"내가 잡는다아아아아아아아!"

술래 목소리가 바로 뒤에서 들렸다. 한없이 차가운 입김이 목덜미에 훅 날아들었다. 나는 달리면서 원장실을 찾았다. 탈의실, 상담실, 회복실을 지났다. 원장실은 보이지 않았다. 그 순간 수술실이 눈에 들어왔다. '수술 중'이라는 글자가 형광색으로 반짝이고 있었다. 마치 슬기가 신호를 보내는 것 같았다.

내가 앞으로 달려가자 수술실 문이 자동으로 열렸다. 수술실은 어두웠다. 아니, 이제는 병원 전체에 암흑이 들어찼다. 컴컴한 수술실 안에서 빛을 내는 거라고는 용도를 알 수 없는 네모 상자의 빨간색 등뿐이었다. 그게 깜박일 때마다 어둠이 조금씩 물러갔다가 다시 밀려왔다. 그 빛에 의지해 수술실을 둘러봤다. 커다란 수술 침대 뒤편 바닥으로 가느다란 다리 한 쌍이 나와 있었다. 슬기가 쓰러진 게 틀림없었다.

"슬기야!"

침대 쪽으로 달려가려는 찰나 그 소리가 들렸다.

스읏.

술래였다. 놈도 수술실 안으로 들어왔다!

고개를 이리저리 돌렸지만 술래 모습은 보이지 않았다. 어둠 그 자체인 술래는 캄캄한 암흑에 완전히 몸을 숨긴 듯했다.

그때였다.

기계의 빨간색 등이 깜박였고 그 짧은 순간 나를 향해 몸을 날리는 술래 모습이 보였다. 나는 납작하게 엎드리는 것과 동시에 침대 밑으로 몸을 굴렸다. 수술 침대 아래는 생각보다 좁았다. 특히 가운데 부분이 밑으로 툭 튀어나와 있어 반대편으로 갈 수가 없었다. 바닥에 쓰러진 슬기를 향해 손을 뻗었다.

조금만 더…… 조금만 더.

"크크크."

술래의 웃음이 들렸다. 술래 역시 나를 향해 기다란 팔을 뻗어오고 있었다.

"안 돼!"

나는 침대 밑으로 몸을 최대한 밀어 넣었다. 온 힘을 다해 손을 뻗었다. 손가락에 경련이 일 정도였다. 어깨가 미치도록 아팠다. 힐끔 옆을 돌아봤다. 술래의 손이 내 몸에 거의 닿을 만큼 가까이 와 있었다.

조금만 더!

"으아!"

기합과 비명 중간 정도의 소리를 내며 손을 쭉 들이밀었다.

그 순간 슬기의 뺨에 내 왼손 중지가 살짝 닿았다. 나는 망설이지 않고 외쳤다.

"땡!"

딸랑. 딸랑.

이번에는 소리가 먼저였다. 방울소리. 어릴 때 가희 집에 놀러 갈 때마다 들었던 바로 그 방울 소리가 귓가에 울렸다. 그런 뒤 배경이 바뀌었다. 역시 어두컴컴했지만, 이번에는 단번에 알았다.

이곳은 가희의 신당이었다.

죽음을 결심했을 때 가장 먼저 생각난 얼굴이 가희였다. 내 지질한 청춘이 움켜쥔 모래알처럼 사라져가는 동안 가희만은 곁을 지켜줬다. 다른 친구들 연락은 일부러 피하기도 했지만 가희의 메시지에는 꼬박꼬박 답장을 했다. 차마 사랑한다 말할 수 없었지만 함께하는 미래를 꿈꾸기도 했다. 하지만 서른 중반을 넘기면서 그런 꿈을 꿀 힘마저 사라졌다. 가희의 연락에 뜸하게 반응하게 된 것도 그때쯤부터였다. 결국 몇 달 전부터는 친구들의 연락처를 아예 다 차단해 버렸다. 친구들, 특히 가희를 볼 면목이 없었다. 가희가 내게 보낸 마지막 메시지를 나는 아직도 기억한다.

- 등신. 혼자 놀면 재밌어?

그래, 같이 놀 때가 좋았지. 물론 술래에게 쫓기는 지금은 아니지만.

나는 서둘러 주위를 살폈다. 가희의 말대로라면 동민도 이곳에 있을 것이다. 즉, 두 녀석 모두를 얼음에서 풀어줘야 한다는 소리였다.

신당은 넓었다. 과연 잘 나간다는 말이 사실이구나 싶었다. 내가 있는 곳은 대기실 같았다. 고급스러운 가구가 배치돼 있었고 그 너머로 굳게 닫힌 문이 보였다. 창호지를 바른 예스러운 여닫이문이었다.

딸랑. 딸랑.

다시 그 소리가 들렸다. 방울 소리는 아무래도 문 너머에서 들리는 것 같았다. 그것이 가희가 보내는 신호인지, 아니면 술래의 함정인지 알 수 없었다. 그렇다고 대기실에 덩그러니 서 있을 수도 없었다. 언제 어디서 술래가 나타날지 모르는 노릇이니까.

조심스레 움직였다. 반질거리는 마룻바닥은 소리가 나지 않았다. 대신에 미끄러웠다. 한 발 한 발 신중히 내디뎠다. 술래도 지금이 마지막이라는 걸 잘 알고 있을 것이다. 당장 놈이 모습을 드러낸 건 아니지만 30년간, 아니면 그보다 더 오래 묵혀 온 분노와 악의가 공기 중에 떠돌고 있는 것만 같았다. 나도 모르게 팔뚝을 쓸어내렸다. 소용없었다. 돋아난 소름은 가라앉지 않았다.

딸랑. 딸랑.

방울 소리가 스산하게 울려 퍼졌다. 문 앞에 섰다. 얇은 창호지 한 장이었지만 그 너머가 들여다보이지는 않았다. 언제나 그렇다. 그 누구도 한 치 앞을 볼 수가 없다. 30년 전 우리는 그림자언덕에서 진짜 귀신을 만나리라고는 생각조차 하지 못했다. 물론 30년이 지나서까지 술래에게 쫓기리라는 사실 역시 아무도 몰랐다. 심지어 꼼짝없이 죽었다고 생각한 순간에도 이런 일이 벌어지니까. 언젠가 가희가 했던 말이 떠올랐다. 아무리 독한 귀신이라도 미래는 알 수가 없다고.

그렇다면…… 술래도, 저 악귀도 내가 어떻게 행동할지 모르는 건 마찬가지 아닐까?

그런 희망을 품으며 살며시 문을 열었다. 제일 먼저 눈길을 끈 건 화려한 그림이 수놓인 병풍이었다. 그다음은 천장에 매달린 색색의 천이 눈에 들어왔다. 늘어진 천마다 작은 방울이 달려 있었다. 희미하게나마 그 모든 사물이 보인 것은 조금 열린 창문 덕분이었다. 그 작은 틈을 통해 달빛이 비쳐들고 있었다. 그리고 바람도.

딸랑. 딸랑.

바람이 불 때마다 방울이 소리를 냈다.

나는 방울에서 시선을 떼고 아래를 바라봤다. 넓은 책상을 사이에 두고 가희와 동민이 엎드려 있었다. 둘이서 얘기를 나누고 있을 때 술래가 습격을 한 것으로 보였다. 책상까지는 무척 가까웠다. 서너 걸음 정도밖에 떨어져 있지 않았다. 단번에 달려가 동민과 가희를 차례로 치고 땡을 외친다면 손쉽게 승리할 것 같았다.

좋아!

어떻게 움직일지 머릿속으로 그린 다음 책상을 향해 움직였다.

"내가 다 구해줄게."

나는 큰소리로 말했다. 동민의 등이 바로 눈앞에 있었다. 언제나 그렇듯 고급스러운 재킷을 입고 있었다. 소설가다운 복장이었다. 반대편에 엎드린 가희는 한복 차림이었다. 그 역시 무당다운 복장이었다.

"땡!"

동민의 등을 치며 외쳤다. 이제 남은 건 가희뿐이었다.

"가희야. 우리가 이겼어."

나는 그렇게 중얼거리며…… 벽을 향해 몸을 날렸다. 그러고는 게슴츠레 눈을 뜨고 있던 창문을 힘껏 밀었다. 활짝 열린 창문 사이로 환한 달빛이 쏟아져 들어왔다.

"크악!"

가희가 괴성을 토해내며 벌떡 일어났다. 달빛이 가희, 아니 술래를 정통으로 비췄다. 본색을 드러낸 술래가 분노에 찬 눈빛으로 나를 노려봤다. 그러면서 조금씩 다가왔다. 몸체가 커졌다가 작아졌다가를 반복했다.

"속이는 건 반칙이야."

나는 술래를 향해 말한 후 옆으로 비켜났다. 아무렴, 얼음이 된 친구 옆에 술래가 딱 붙어 있는 건 반칙이었다.

"싫어. 이대로…… 지는 건……."

술래의 목소리가 더 끔찍하게 갈라졌다. 귀를 틀어막고 싶을 정도였다. 그래도 머뭇거릴 수 없었다. 가희를 찾아야 했다. 가희는 분명 술래를 피해 도망쳤을 것이다. 그러면서 나와 친구들, 그리고 술래까지 30년 전의 그 순간으로 이동시켰을 것이다. 어떤 방법을 썼는지는 알 도리가 없었다. 설명해준다고 한들 내가 알아들을 리도 없었고. 다만 한 가지는 확실했다. 가희는, 근처에 있었다.

딸랑. 딸랑. 딸랑. 딸랑.

창문이 활짝 열린 덕에 바람도 세게 불어 들어왔다. 당연히 방울 소리도 커졌다. 그 순간 어떤 생각이 머릿속을 스치고 지나갔다.

창문을 조금이라도 연 건 가희가 아닐까? 창문이 열려 있었기에 방울 소리를 들었고, 그 소리를 따라 방으로 들어왔고, 창문을 활짝 열어 술래를 꼼짝 못 하게 만들 생각을 했다. 가희가 그 모든 걸 계산했다면?

나는 병풍 쪽으로 고개를 돌렸다. 창문을 민 후 짧은 순간에 숨어서 얼음을 외칠 수 있는 곳은 바로 병풍 뒤였다.

"내가…… 이길 거야……."

술래가 찢어질 듯한 목소리로 외쳤다. 그때였다. 달빛의 양이 확 줄어들었다. 구름이 달을 가린 모양이었다. 순간 술래와 눈이 마주쳤다. 놈의 눈동자가 다시 붉게 타올랐다.

"안 돼."

나는 병풍을 향해 달렸다. 술래는 훌쩍 몸을 날렸다. 찰나의 순간이었다. 내가 조금 빨랐다. 병풍을 거의 던지다시피 하며 뒤로 들어갔다. 가희가 거기에 웅크리고 있었다. 내가 손을 뻗은 바로 그때 병풍이 다시 날아왔다.

퍽!

병풍에 맞은 나는 그대로 나가떨어졌다. 생각보다 충격이 컸다. 나를 덮친 병풍 너머로 기세를 되찾은 술래가 보였다. 나는 가희를 바라봤다. 우리 둘 사이의 거리가 술래와 나 사이의 거리보다 멀었다. 남은 힘을 다해 병풍을 밀어 봤지만 술래에게는 소용없는 짓이었다. 술래를 통과한 병풍이 힘없이 벽에 부딪쳤다.

"젠장."

나도 모르게 그런 소리가 튀어 나왔다.

"크크크."

술래는 방심하지 않았다. 지체하거나 기다리지도 않았다. 가만히 서서 떠벌리지도 않았다. 나를 향해 바로 달려왔다. 순식간에 거리가 좁혀졌다. 피할 수 없었다. 무서워서 비명을 지르고 싶었지만 꾹 참았다. 마지막 순간까지 놈을 노려보고 싶었다. 그 순간 믿을 수 없는 소리가 들렸다.

"땡!"

술래가 멈칫했다. 나와 술래 모두 소리가 들린 곳을 돌아봤다. 동민이 가희 옆에 서 있었다.

"악!"

술래가 분노와 고통에 찬 소리를 내질렀다. 그러고는 곧장 몸을 돌려 나를 향해 덮쳐왔다. 나만이라도 잡으려는 것이다. 술래의 속셈이 훤히 보였지만 나는 아무것도 할 수 없었다. 몸에 힘이 쭉 빠져 움직이는 게 불가능했다. 시커먼 어둠이 시야를 덮었다. 술래의 눈빛이 나를 찔렀다. 놈이 손을 뻗었다. 기다란 손가락이 똑똑히 보였다. 나는 눈을 감았다. 그때였다. 머릿속에 한 단어가 떠올랐다. 지금껏 내가 한 번도 외치지 않았던 바로 그 단어.

나는 조용히 중얼거렸다.

"얼음."

모든 게 암흑 속으로 사라졌다.

삶은 늘 나를 배신했다. 되는 일이 하나도 없었다. 어렵사리 모은 돈으로 가게를 얻었지만 사기꾼이 보증금을 들고 도망가 버렸다. 치한에게 당하는 여성을 돕다가 오히려 폭행죄로 고소를 당해 합의금을 물어주기도 했다. 바른 길이라 생각했는데 그게 결국은 돌고 돌아가는 길이었다는 사실을 나중에 깨닫는 경우도 많았다. 그렇게 미련하게 살았다. 그러니 죽을 수밖에 없었다. 마흔 넘어서까지도 줄곧 미련했기에 삶에 대한 미련 같은 것도 없었다.

하지만…… 민망할 정도로 빨간 빨랫줄이 목을 파고들 때 나는 비로소 깨달았다. 살고 싶다는 사실을, 죽기 싫다는 사실을. 아무리 힘들고 괴로워도 살아서 견디고 싶다는 사실을, 나는 깨달았다.

살려줘!

소리 없는 외침을 내지른 순간 누군가가 귓가에서 속삭였다.

"땡."

나는 가만히 눈을 떴다. 눈부신 빛이 천장에서 쏟아지고 있었다. 규칙적인 기계음이 들렸다. 조금씩 초점이 맞으며 나를 내려다보는 얼굴들이 보였다.

"괜찮아?"

용식이었다.

"걱정했잖아."

슬기였다.

"깨어나서 다행이다."

동민이었다. 그리고…….

"조상우. 우리가 이겼어. 네 덕분이야."

가희가 그렇게 말하며 씩 웃었다. 낯익은 얼굴들, 그리고 낯익은 미소였다. 모두 건강한 모습이었다. 방금까지 딱딱하게 굳어 있던 녀석들로 보이지는 않았다.

"얼마나 이러고 있었어?"

내가 물었다.

"사흘. 못 깨어날까 봐 걱정했잖아."

슬기가 울먹이며 말했다.

"어떻게 된 거야? 난 분명…… 그러니까, 죽었다고 생각했거든. 그런데 가희 네가 문을 두드렸고 이후엔 진짜 이상한 일이 벌어졌잖아. 너희들도 다 알고 있는 거지?"

나는 다시 물었다.

“내가 직접 찾아간 게 아니라 얼음이 된 채로 영체만 보낸 거야. 그래서 문을 따고 들어가거나 할 순 없었어. 술래가 너까지 찾아온 상황이었고, 네가 그대로 죽었다면 우린 아마 모두 너랑 똑같은 신세가 됐을 거야.”

가희가 픽 웃으며 말했다.

“그런데 어떻게?”

나는 억지로 몸을 일으키며 그렇게 물었다. 도무지 이해할 수 없었다. 빨랫줄이 분명 목을 죄어 왔는데…….

용식이 환하게 웃으며 나를 끌어안았다. 그러고는 웃음기를 담아 말했다.

“빨랫줄 한쪽 매듭이 풀렸다고 하더라. 네가 이상하게 묶은 거야. 단단히 묶었다면 넌 그대로 매달려서 죽었겠지. 하지만 줄이 풀리며 바닥에 떨어졌고. 병원에 실려온 건 뇌진탕 때문이었어.”

“뭐?”

순간 민망해졌다. 비장하게 죽으려 했으나 머리만 다치고 말았다니. 하지만 그랬기에 모두를 구할 수 있었다. 피식. 갑자기 웃음이 터져 나왔다. 흐흐흐. 웃음은 멈추지 않았다. 동민이 말을 덧붙였다.

"네가 우릴 구해준 후에 모두 너희 집으로 달려가서 문을 땄어. 쓰러져 있는 널 보고 깜짝 놀랐다니까. 다행히 아무도 안 죽었다! 흐흐."

"그러네. 다행이다."

나는 중얼거렸다. 다행. 그 단어가 썩 마음에 들었다.

"술래는 사라졌어."

가희가 다시 말했다. 나는 고개를 끄덕였다. 뒤통수에 큼지막한 혹이 나 화끈거렸지만 모두가 살아 있으니 그걸로 됐다 싶었다. 눈을 감았다. 더 궁금한 게 많았지만 묻지 않았다. 중요한 건 우리가 이겼다는 사실이었으니까. 내가 친구들을 구했고, 친구들은 나를 구해 줬다는 사실이었으니까.

"너 퇴원하면 우리 신나게 놀자."

용식이 말했다.

"그래. 얼음땡 빼고 뭐든 하자."

나는 그렇게 말했고, 우리는 모두 함께 웃었다.

혼숨

홍정기

꼭꼭 숨어라. 머리카락 보일라.

꼭꼭 숨어라. 머리카락 보일라.

꼭꼭 숨어라. 머리카락 보일라.

다 숨었니?

다 숨었니?

다 숨었니?

이제 찾는다.

따갑게 내리쬐던 태양이 서산으로 기울었다.

풀 한 포기 없이 맨들맨들한 초등학교 운동장에도 어둑한 땅거미가 지고 있었다.

때 구정물이 꼬장꼬장하게 낀 아이들은 해가 저무는 줄도 모르고 숨바꼭질에 열중하고 있었다.

여덟 살 남짓. 느티나무 아래 서 있던 꼬마가 운동장을 가로질러 학교 구석구석을 꼼꼼히 살폈다.

미끄럼틀 아래에서.

"여기 있구나!"

"아이씨, 들켜버렸네."

이순신 장군 동상 뒤에서.

"찾았다."

"아우 벌써 찾았어."

화단 뒤에서.

"아싸 찾았다."

"걸렸네……."

술래인 꼬마가 찾은 아이들이 운동장에 하나, 둘 모여들었다.

이제 남은 사람은 단 한 명. 그러나 술래가 아무리 찾아봐도 마지막 한 아이는 보이지 않았다.

"야, 야, 못 찾겠으면 포기해."

운동장 바닥에 쪼그려 앉아 나뭇가지로 그림을 그리던 아이가 불평했다. 그 옆에 서 있던 소녀도 아이의 말에 덧붙였다.

"그래. 벌써 해가 지고 있잖아. 슬슬 집에 가야 해."

술래인 꼬마는 포기하기 싫었다. 술래였지만 포기를 외치는 순간 지는 것만 같았다. 하지만 아이들 말대로 이미 날은 상당히 어두워져 있었다. 꼬마는 "못 찾겠다, 꾀꼬리"를 외칠지 말지를 두고 고민하기 시작했다.

한편, 구령대 아래 빈 창고에 숨어 있던 까까머리 소년은 녹슨 철문에 바짝 귀를 대고 바깥 소리에 집중했다.

사실 까까머리 소년이 숨어 있는 구령대 창고는 아이들 사이에서 암묵적으로 숨어서는 안 되는 공간이었다. 어른들이 허리를 숙이고 들어가야 하는 두 평 남짓 작은 공간. 언제나 그늘진 탓에 습기로 눅눅하고 기분 나쁘게 으스스한 공간이다. 그것과 별개로 결정적으로 아이들이 이곳을 기피하는 이유는 천안초 7대 괴담 중 한 곳인 장소이기 때문이다.

괴담의 내용은 이랬다. 숨바꼭질 중 숨을 곳을 찾던 아이가 구령대 창고에 들어갔다. 아이는 철문을 닫고 어둠 속에 숨어 있었는데 결국 아이를 찾지 못한 술래가 포기하고 "못 찾겠다, 꾀꼬리"를 외쳤다. 그 소리를 듣고 나가려던 아이는 당황했다. 녹이 슨 철문이 꿈쩍도 하지 않았던 것이다. 아이의 힘으로는 도저히 닫힌 철문을 열 수 없었다.

그렇게 아이는 창고에 갇혔고 며칠 뒤 공포에 질린 채 숨이 멎은 아이를 선생님이 발견했다고 한다. 그 뒤로 아무도 없는 창고에서 소년의 흐느끼는 소리가 들린다는 소문이 아이들 사이에서 퍼져나갔고 천안초 7대 괴담 중 하나로 이어져 내려왔다.

이사 온 지 얼마 되지 않은 까까머리 소년이 이 괴담을 알았더라면 구령대 창고에 숨지 않았을까. 어찌 됐든 아이는 숨죽인 채 귀를 기울이고 있었다. 아직 술래의 노랫소리는 들리지 않았다.

그때였다. 소년의 귀에 바스락거리는 소리가 들렸다. 등 뒤였다. 흠칫 놀란 소년은 순간적으로 고개를 돌렸다. 하지만 소년의 눈에 보이는 것은 없었다. 그저 칠흑 같은 암흑뿐. 분명 창고 안에는 소년뿐이었다. 상식적으로 소년이 서 있던 입구보다 더 안쪽에서 다른 인기척이 날 수는 없었다.

쥐새끼인가…….

소년의 머리가 쭈뼛 섰다. 이마의 식은땀이 볼을 타고 주르륵 흘러내렸다. 이제 소년은 철문에서 얼굴을 떼고 창고 안쪽을 주시했다. 그리고 천천히 귀를 기울였다.

아이의 눈이 차츰 어둠에 익숙해졌다. 아무것도 보이지 않던 창고의 어둠이 서서히 열어지고, 소년의 망막에 어떤 형체가 맺히려던 순간.

"못 찾겠다, 꾀꼬리. 디스코 추고 나와라!"

"못 찾겠다, 꾀꼬리. 디스코 추고 나와라!"

철문 밖으로 술래의 노랫소리가 흘러들어왔다.

"아싸, 좋았어."

소년은 주먹을 꼭 쥐고 기뻐했다.

"빨랑 나와. 못 찾겠다고."

"그래. 어서 나와. 마지막으로 한 판만 더 하고 집에 가자."

술래와 더불어 다른 아이들도 덩달아 소리쳤다.

소년이 철문 손잡이를 쥐고 밖으로 밀었다.

"어?"

어찌 된 일인지 철문은 꿈쩍도 안 했다. 아무래도 철문이 땅바닥에 단단히 낀 듯했다. 당황한 소년이 두 손으로 문을 흔들었다. 하지만 문은 움직이지 않았다.

"나 여기 있어." 쾅쾅쾅!

밖을 향해 소리를 지르고 문을 마구 두드렸다.

"못 찾겠다, 꾀꼬리. 디스코 추고 나와라!"

"안 나오면 우리 그만 갈 거야!"

이상했다. 운동장에 있는 아이들에겐 내 목소리가 닿지 않는 것일까. 어떤 장벽에 가로막혀 소년의 목소리가 차단되는 것 같았다. 아이의 등골에 식은땀이 흘러내렸다.

바스락.

소년이 고개를 홱 돌렸다. 또 그 소리. 겁이 덜컥 났다. 창고 안에 갇힌 상황에서 들리는 정체불명의 인기척.

'뭐, 뭐지…….'

"거기 누구 있어요?"

목소리가 심하게 떨렸다. 돌아오는 대답은 없었다. 다급해진 소년은 다시 문을 붙잡고 낑낑댔다.

바스락.

뭔가를 밟는 소리는 한층 더 가까워졌다. 머릿속에서 사이렌 소리가 울렸다. 심장이 미친 듯이 쿵쾅거렸다.

바스락.

소년은 더 이상 고개를 돌릴 수가 없었다. 어느새 발자국 소리는 바로 등 뒤에서 들렸기 때문이다.

"아아아아아아악! 아아아아아아악!"

참고 참았던 비명을 질렀다. 소년은 미친 듯이 문을 밀었다. 그도 여의치 않자 몸무게 전체를 실어 어깨로 문을 밀쳤다. 쾅쾅거리는 마찰음이 창고에 메아리쳤다. 다행히 효과가 있었다. 꿈쩍도 하지 않던 문이 조금씩 움직였다. 어깨뼈가 부서질 것 같은 고통이 밀려왔지만 그만둘 수가 없었다. 소년에게 닥쳐온 공포는 그보다 훨씬 무거웠다.

네 번째 태클에서야 마침내 닫힌 철문이 활짝 열렸다. 소년은 쏟아져 들어오는 빛을 향해 미친 듯이 달려나갔다. 소년의 속사정을 모르는 아이들이 불평을 쏟아냈다.

"야! 구령대 아래에 숨어 있었어? 거기 숨는 건 반칙이야."

“그래. 치사하게…….”

소년은 아무 말도 할 수 없었다. 그저 숨을 헐떡이는 것밖에는 다른 대꾸할 힘이 남아 있지 않았다.

“야, 무슨 땀을 그렇게 흘리냐.”

앞에 선 친구의 말에 소년은 고개를 숙였다. 과연 언제 그렇게 땀을 흘렸는지 회색 셔츠가 축축하게 젖어 있었다. 운동장에 불어오는 바람에 부르르 오한이 났다. 백지장처럼 하얗게 질린 소년을 보며 친구들은 불평을 멈췄다. 소년보다 머리 하나는 큰 소녀가 소년을 옹호했다.

“얘들아, 그만해. 이레는 전학 온 지 얼마 안 됐잖아. 구령대 창고에 숨으면 안 되는 걸 몰랐겠지.”

몇몇 친구들이 수긍한 듯 고개를 끄덕였다. 소녀는 그런 친구들을 둘러본 뒤 소년에게 말했다.

“대신 이번 마지막 판은 네가 술래 해. 이 판만 하고 집에 가자. 알았지?”

소년은 당장 집에 돌아가고 싶었지만 자신을 빤히 쳐다보는 친구들의 눈빛에 도저히 입이 떨어지지 않았다. 이사 온 자신을 받아준 친구들이었다. 괜스레 밉보여 친구들의 눈 밖에 나고 싶지 않았다.

소년은 어렵사리 고개를 주억거리고 느티나무로 걸어갔다.

"자자, 마지막 판!"

"그래."

"그래, 이거 하고 집에 가자."

까까머리 소년은 느티나무에 얼굴을 묻고 소리 높여 외쳤다.

"꼭꼭 숨어라. 머리카락 보일라."

아이들은 돌아선 소년 몰래 눈빛을 교환했다.

"꼭꼭 숨어라. 머리카락 보일라."

소년 근처에서 들리던 발소리가 점점 잦아들었다.

"꼭꼭 숨어라. 머리카락 보일라."

이윽고 고요한 침묵이 내려앉았다. 이쯤이면 됐겠다 싶은 소년이 외쳤다.

"다 숨었니?"

돌아오는 대답은 없었다.

까까머리 소년이 다시 한번 다짐하듯 되물었다.

"다 숨었어? 그럼 찾는다."

역시 대답은 없었다.

소년은 느티나무에 몸을 등지고 돌아섰다.

서산 끝에 간신히 걸려 있던 해가 넘어가 운동장에는 완전한 어둠이 내려앉았다. 해가 진 운동장은 아이에게 공포심을 불러일으킨다. 불 꺼진 학교 건물. 길게 그림자를 드리운 높다란 나무들. 뭔가 으스스해 보이는 놀이터 기구들. 낮과는 사뭇 다른 학교의 밤 풍경에 겁이 났다. 이 텅 빈 운동장에 홀로 서 있는 느낌이었다.

소년은 한 명이라도 빨리 찾아내려고 발걸음을 빠르게 놀렸다. 아이들이 숨어 있을 만한 곳을 뒤졌다. 하지만 아무도 없었다. 미끄럼틀에도, 정글짐에도, 동상 뒤에도, 그토록 가기 싫었던 구령대 창고마저도…….

당황스러운 상황에 겁에 질린 소년은 눈물을 흘렸다.

왜 아무도 없지? 그 많던 친구들이 전부 어디로 숨었지?

조금 전 구령대 창고에서 겪었던 이상한 일이 떠올라 등골에 소름이 돋았다. 급기야 떨리는 목소리로 친구들을 부르기 시작했다.

"못 찾겠다, 꾀꼬리. 얘들아 어디 숨었어? 나 도저히 못 찾겠어. 그냥 나와!"

소년의 목소리가 메아리치듯 운동장에 울려 퍼졌다. 그렇게 잠시 동안 기다렸지만 운동장으로 나오는 아이는 아무도 없었다. 한 번 돋은 소름이 가라앉지 않았다. 무섭고 끔찍한 생각들이 밀려왔다. 소년은 그런 생각들을 떨쳐내려고 애써 고개를 가로저었다.

그때였다. 소년의 눈에 운동장 구석 미끄럼틀 안쪽으로 뭔가 움직이는 것이 보였다.

찾았다.

소년이 안도의 한숨을 내쉬었다.

어느새 입가에 미소가 걸렸다. 가뜩이나 어두운데 미끄럼틀의 그림자가 더해져 누구인지 알아볼 수 없었다. 소년은 눈가를 훔치고 미끄럼틀 쪽으로 후다닥 뛰어갔다. 소년이 다가갈수록 미끄럼틀 아래 쪼그려 앉아 있는 친구가 또렷이 보였다.

이상하다. 분명 아까는 아무도 없었는데…….

분명 소년은 미끄럼틀을 훑고 지나갔었다. 하지만 그런 것을 신경 쓸 겨를이 없었다. 너무 어두워서 못 보고 지나쳤나 보다 생각했다. 마침내 소년이 등을 돌린 채 쪼그려 앉아 있는 친구의 어깨를 탁 쳤다.

"헉헉, 찾았다."

소년은 앞에 선 친구의 어깨에 손을 올린 채 허리 숙여 숨을 골랐다. 그런데 뭔가 이상했다. 돌아선 친구는 미동이 없었다. 게다가 소년의 어깨가 너무나 차가웠다. 마치 얼음장을 만진 것 같은 냉기가 손끝에 전해졌다. 소년은 서둘러 친구의 어깨에서 손을 뗐다.

"야, 야. 뭐해?"

소년이 묻자 미동도 없던 친구의 어깨가 경련하듯 떨리기 시작했다. 그리고 돌아선 친구의 머리가 천천히 돌아갔다.

"히이이익!"

다리에 힘이 풀린 소년이 땅바닥에 엉덩방아를 찧었다. 등진 소년의 고개가 뚝뚝 소리를 내며 360도로 돌았기 때문이다. 친구가 아니었다. 돌아선 얼굴은 텅 비어 버린 동공에 비릿한 웃음을 흘리고 있었다.

"나…… 찾았어?"

이내 나뭇가지 같은 앙상한 팔이 땅바닥을 기며 천천히 소년을 향해 다가갔다. 소년을 향해 다가오는 괴물의 텅 빈 눈구멍에서 새빨간 피가 울컥 솟구쳤다. 금세 피투성이 얼굴이 된 괴물이 옴짝달싹 못 하는 소년의 발목을 꽉 붙잡았다. 붙잡힌 발목에서 타는 듯한 고통이 느껴지는 순간, 참고 참았던 목소리가 한꺼번에 터져 나왔다.

"끄아아아아아아아아악!!!"

소년이 내지른 찢어지는 비명이 어둠이 내린 적막한 운동장을 갈랐다.

소년이 정신을 차린 곳은 따뜻한 이불 속이었다.

소년의 엄마가 소년의 머리맡에서 걱정스러운 눈으로 바라보고 있었다.

엄마의 눈빛을 보자 소년의 눈에 눈물이 그렁그렁 고였다. 엄마는 모두 다 알고 있다는 듯 땀에 젖어 이마에 달라붙은 머리카락을 쓸어줬다. 그리고 당시 소년으로선 이해할 수 없었던 한마디를 남겼다.

"내 영기를 너도 물려받은 듯싶구나. 하필이면 그때 귀문이 트일 게 뭐냐만……. 그것도 모두 신령님의 뜻 아니겠니."

소년이 뭐라 대꾸하려 했지만 엄마는 아무 말 말고 좀 더 쉬라고 했다. 엄마의 말대로 소년은 궁금증을 가득 안고 다시 깊은 잠에 빠져들었다.

그날 친구들은 술래인 소년을 두고 몰래 집에 돌아갔다. 소년을 놀리기 위해서였는지, 아니면 다른 이유가 있었는지는 수년이 지난 지금도 알 수 없다. 다만 그날 겪었던 기괴한 경험은 깊은 트라우마가 되어 한동안 숨바꼭질에 '숨' 자만 들어도 경기를 일으켰다.

술래 혼자뿐인 숨바꼭질.

어느덧 소년은 16살이 되었다. 키도 크고 변성기도 지났으며 생각도 어른스러워졌다. 하지만 중 3이 되어서도 여덟 살 그때의 기분을 다시 느끼는 중이다.

지독하게 무섭고 외로운.

홀로 숨바꼭질 하는 기분.

문제는 이 혼자만의 숨바꼭질이 그리 쉽게 끝날 것 같지 않다는 것이 문제였다.

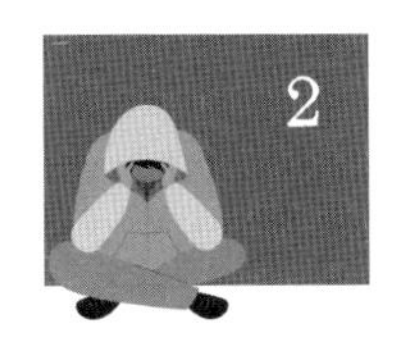

이레는 불안한 얼굴로 손목시계를 확인했다. 시계 분침이 막 10시 48분을 지나고 있었다. 2교시 수업종료 2분 전.

늦으면 안 돼. 종이 울리자마자 튀어 나가야 해.

긴장한 탓일까. 이레의 이마에 맺힌 땀이 관자놀이를 타고 흘러내렸다. 이레는 마른침을 삼키고 촉각을 곤두세웠다.

30초 전. 29초. 28초. 27초…….

마침내 지루한 수업의 끝을 알리는 종소리가 스피커를 타고 교실에 울려 퍼졌다. 수업 내내 판서 중이던 국어 선생은 수업 종이 울리고서야 학생들을 향해 돌아섰다. 이어서 "수업 끝"이란 한마디를 남기고 교과서를 챙겨 교실 앞문으로 사라졌다. 여기저기서 참았던 하품 소리가 터져 나왔다.

지금이다!

이레는 급히 의자를 뒤로 빼고 다리를 책상 밖에 걸쳤다. 몸을 막 일으키려는 찰나. 등 뒤에서 들리는 목소리에 온몸의 힘이 쭈욱 빠져버렸다.

"야! 좆빵글. 어디 가시려고. 똥 마렵냐? 당장 3초 내로 튀어와라!"

낭패감이 밀려들었다.

씨발. 한 발 늦었다.

"3… 2…."

"와, 왔어. 3초 안에 왔어."

급히 교실을 가로질러 맨 뒷자리로 오느라 숨을 헐떡이는 이레 앞에 우진 일당이 거만한 표정으로 앉아 있었다.

"빵글아. 내가 아침을 굶고 와서 배가 고픈데 말야. 얼른 가서 메론빵이랑 우유 좀 사주라. 응?"

우진이 고개를 까딱이자 오른편에 앉아 있던 민수가 이레를 향해 동전 하나를 튕겼다. 동전은 포물선을 그리며 데구르르 굴러 이레의 실내화 앞에서 넘어졌다. 이레는 천천히 동전을 주웠다. 100원짜리였다.

"거스름돈은 네가 갖고. 자. 지금이 52분이니까. 딱 3분 줄게. 55분까지 다녀와. 그래야 먹고 소화도 시키지. 1분 늦을 때마다 죽빵 한 대씩 오케이?"

한쪽 눈을 찡긋거리는 우진의 얼굴을 부숴 버리고 싶은 충동이 일었다. 하지만 우진의 얼굴에 주먹을 날리는 대신 그대로 교실 뒷문을 박차고 달려나갔다. 남은 시간은 단 3분. 얄밉게도 우진의 옆에 있던 재호가 휴대폰 초시계 앱의 시작 버튼을 눌렀다. 때마침 쉬는 시간 교실 밖으로 쏟아져 나온 아이들을 피해 이레는 복도를 질주했다. 개새끼들을 처먹일 빵을 사기 위해 전력 질주하는 자신이 한심하기만 했다.

씨발. 더 이상은 못 참겠다. 그 새끼들 다 찔러 죽이고 나도 죽어버릴까.

주먹을 불끈 쥔 이레의 손바닥에 동전에 새겨진 이순신 장군이 깊숙이 파고들었다.

천안중학교 3학년 3반. 조이레는 학교 폭력에 시달리는 아이다.

직접적인 가해자는 바로 김우진이었다. 유도로 다져진 근육질 몸에 다혈질 성격으로 3학년 전체 짱인 일진이었다. 한번 물면 절대 놓지 않는 불독 같은 성격으로 악랄함이 옆 학교까지 자자했다. 그리고 그의 왼팔과 오른팔인 민수와 재호가 항시 우진과 붙어 다니며 이레를 향한 폭력에 동참했다.

사실 이레가 처음부터 우진에게 괴롭힘을 당한 것은 아니다.

그저 그날따라 온 우주의 기운이 이레의 불행에 몰려 있었을까.

그날은 3학년 학기 초 등교 시간이었다. 유독 그날따라 기분이 더럽게 좋지 않았던 우진은 의자에 앉아 씨근덕대고 있었다. 그런데 하필 이레가 그의 앞을 지나간 것이 화근이었다. 다행히 지각을 면한 이레가 생글거리며 웃는 낯으로 우진의 앞을 지나간 것이 말이다.

"씨발, 넌 뭐가 그리 좋아서 처웃는데!"

의자에 앉던 이레는 영문도 모른 채 우진의 발차기에 교탁까지 나가떨어졌다. 그 바람에 걸상에 이마를 부딪친 이레의 이마가 찢어졌다. 제법 상처가 컸는지 이마에서 흘러내린 피는 순식간에 이레의 얼굴을 피범벅으로 만들었다. 이레가 이마를 짚고 일어선 순간. 1교시 수업을 위해 교실에 들어온 수학 선생이 피투성이의 이레를 목격하고 말았다. 이레를 본 수학 선생의 당황한 눈빛이 지금까지도 눈에 선하다. 그날의 폭행 사건은 삽시간에 학교 전체에 퍼졌다. 가해자 우진은 정학과 함께 수십 시간의 사회봉사 징계가 떨어졌다. 세 바늘을 꿰맨 이레의 이마에 새 살이 돋아날 때 즈음 우진은 학교로 돌아올 수 있었다.

이마가 찢어지고 싶어 찢어진 것도 아니고 우진의 느닷없는 폭력에 찢어졌건만, 모든 것은 이레의 탓이 되어 있었다. 그리고 그날부터 이레의 이름은 조이레가 아닌 좆빵글이 되었다. 더불어 우진이 학교를 쉬는 동안 벼르고 별렀던 폭력이 시작됐다.

빵, 학용품 셔틀은 물론, 얼마 안 되는 용돈까지 갖다 바쳐야 했다. 조금이라도 마음에 들지 않으면 주먹이 튀어 나갔다. 폭행 사실을 드러내지 않기 위해 옷에 가려진 부분을 집중적으로 구타했다. 이레의 학교생활은 매일매일이 지옥 그 자체였다. 폭력은 점차 집요해졌고 우진의 단독 폭행에서 패거리인 민수와 재호도 가담하기 시작했다.

우진 패거리의 폭력이 시작된 지 어느덧 3개월이 흘렀다. 일방적인 폭력에 반 전체가 물든 것일까. 모른 척 외면으로 일관하던 반 아이들도 어느새 학대에 가담했다. 심지어 초등학교부터 친하게 지내던 절친 정민까지 이레를 괴롭히기에 이르렀다. 자신도 모르는 사이 반 아이들에게 공공의 적이 되어 버린 것이다.

이레는 낙담했다. 아직 졸업까지는 반년도 넘게 남은 상황. 선생님은 집단 왕따를 보고도 모른 척했다. 홀로 직장과 살림에 치이는 엄마에겐 도저히 사실을 말할 자신이 없었다. 이 학교에서 이레의 편은 아무도 없었다.

두 볼이 얼얼했다. 아니, 감각 자체가 없었다. 시간이 꽤 지났는데도 볼에서 열이 났다. 입 안쪽이 찢어졌는지 혀를 대면 쇠맛이 느껴졌다. 옆구리가 욱신거려 숨이 잘 쉬어지지 않았다. 설마 뼈에 금이 간 건 아니겠지. 곡소리가 절로 나왔다.

이번엔 기적적으로 매점에서 교실까지 3분 내에 도착했다. 하지만 기적 같은 행운을 비웃기라도 하듯 멀쩡하던 다리가 꼬여버렸다. 본의 아니게 전속력으로 우진 패거리를 덮쳐버리고 말았다. 의자에 앉아 있던 우진은 이레의 머리에 코를 받혀 코피가 터졌고, 걸상에 걸터앉아 있던 민수는 뒤로 넘어가 볼펜에 손이 찍혔다. 오직 재호만이 화를 면했지만 결과적으로 뚜껑이 열린 우진이 멀쩡한 재호를 쥐어패 재호 역시 코피를 쏟아야 했다.

그 아비규환의 광경을 망연히 바라보고 있던 이레는 곧이어 닥쳐올 집단 린치를 걱정하면서도 한편으로 오랜만에 맛보는 통쾌함을 느꼈다. 이레의 예상대로 우진 패거리는 미쳐 날뛰었다. 얼굴을 감싸고 엎드린 이레를 사정없이 짓밟았다. 수업 시작 종이 이레를 살린 것이나 다름없었다. 그렇게 아무 일 없었다는 듯 3교시가 시작됐다. 이레는 온통 발자국이 찍힌 교복 셔츠를 손으로 쓸었다. 지워지지 않는 발자국이 낙인이 되어 가슴을 후벼 팠다. 선생은 엉망이 된 이레의 꼴을 보고도 아무 말 없이 수업을 시작했다. 이레는 수업 내내 차오르는 분노와 엄습하는 고통에 조용히 눈물을 삭여야 했다.

개새끼들. 꼭 복수할 거야. 기필코…….

"야. 너 '혼숨'이라는 영화 봤냐?"

"어 봤어. 우연히 케이블 영화채널에서 봤는데. 너도 봤냐? 졸라 무섭던데? 오줌 지리는 줄."

"난 못 봤는데 뭐였는데 그래?"

"너 혼숨이라고 들어봤냐?"

"혼숨? 아니. 그게 뭔데?"

"야야, 잘 들어봐. 내가 알려줄게."

떠들썩한 점심시간, 이레를 타작하고 기분이 풀렸는지 우진 패거리들은 저들끼리 떠들어댔다. 워낙 목소리가 큰 탓에 듣고 싶지 않아도 이레의 귀에까지 이야기가 흘러들어 왔다. 얼마 전 극장 개봉했던 공포영화 이야기인 것 같았다. 이레는 그 영화를 보지 않았지만 우진 패거리가 말하는 혼숨이 무얼 의미하는지는 알 것 같았다.

혼숨은 히토리카쿠렌보. 즉 '혼자 하는 숨바꼭질'의 약자로 일본에서 넘어온 강령술의 하나였다. 평소 오컬트에 남다른 관심이 있던 이레는 이 혼숨에 대해 이미 빠삭하게 꿰고 있었다.

혼숨 방법은 이랬다.

1. 인형, 쌀, 붉은 실, 무기가 될 수 있는 뾰족한 도구, 소금물을 준비한다. 열린 창문이 없도록 문단속을 철저히 한다.
2. 인형에 쌀을 가득 채워 넣고 손톱을 깎아 인형 안에 넣고 붉은 실로 인형을 묶는다. 여기서 쌀은 내장을, 붉은 실은 혈관을 의미한다.
3. 놀이는 음기가 가장 강한 새벽 3시에 시작하며 절대 2시간을 넘기지 않는다.
4. 소금물을 준비하고 TV를 켠 뒤 집 안의 조명을 모두 끈다.
5. 화장실에 놓아둔 물통에 물을 채우고 인형을 그 안에 넣는다.
6. 새벽 3시가 되면 화장실로 가 인형에게 '첫 번째 술래는 [자신의 이름]'을 3번 외치고 거실로 돌아와 눈을 감고 10을 세고 다시 화장실로 돌아가 인형에게 '[인형의 이름] 찾아냈다'라고 3번 외친 다음 준비한 뾰족한 도구로 인형을 찌른다.

7. 인형을 찌른 뒤 '두 번째 술래는 [인형의 이름]'을 3번 외치고 입에 소금물을 머금고 재빨리 숨는다.
8. 소금물을 절대 뱉지 않은 채 숨어 있는 동안 발생하는 이상 현상을 관찰한다.
9. 다수가 놀이에 참여할 경우 각자의 손톱을 인형에 집어넣고 순서대로 6, 7, 8번을 이행한다. 다만 놀이에 참여하지 않은 사람은 이상 현상을 감지할 수 없다.
10. 놀이가 끝나면 물고 있던 소금물을 뱉고 "내가 이겼다!"란 말을 세 번 외쳐 놀이가 끝났다는 사실을 인지시킨다.
11. 놀이가 끝나고 난 후 인형은 반드시 불태워야 한다.

여기까지는 이레가 알고 있던 그대로였다. 그런데 우진은 이레가 미처 모르고 있던 항목을 추가로 덧붙였다.

"혼숨 놀이에는 3가지 금기가 있대."

"금기? 그게 뭔데?"

재호는 덩치에 어울리지 않게 이런 쪽으론 약한지 잔뜩 겁먹은 목소리였다. 그 모습에 신이 난 우진이 목소리를 높였다.

"첫 번째 금기, 인형의 안에 인간의 피를 넣지 말 것. 두 번째 금기, 인형의 이름을 지을 때 살아 있는 사람의 이름을 붙이지 말 것. 마지막으로 세 번째, 인형을 찌를 때 절대 날붙이는 사용

하지 말 것."

우진이 말하는 금기 사항이 어느 정도 이해가 갔다. 인형에게 불어 넣는 자신의 원념이 너무 강해지는 것을 방지하기 위한 안전 사항인 듯했다. 아무래도 영화에서는 좀 더 자극적으로 연출하기 위해 금기 사항을 추가한 걸까. 아니면 이레도 미처 몰랐던 숨겨진 사항인 걸까.

문득 시끌벅적했던 이레의 주변이 조용해졌다.

뒤통수에 꽂히는 시선. 불길한 기분과 함께 등줄기로 땀 한 방울이 흘러내렸다. 이레가 천천히 고개를 들었다. 이레의 눈에 입을 다문 채 이레를 주시하는 반 아이들의 시선이 보였다.

이레가 고개를 돌리자 우진과 눈이 딱 마주쳤다. 우진의 만면에 음흉한 미소가 가득했다. 민수와 재호 역시 연신 키득거렸다.

이런 젠장맞을.

"이레! 너네 엄마가 무당이랬지?"

이레에겐 민감한 이야기였지만 우진 덕분에 전교생이 다 아는 사실이 되었다. 사실 이레가 무당의 아들이라는 사실이 밝혀지고 나서부터 반 아이들의 괴롭힘이 심해졌다. 아이들은 음습하다, 기분 나쁘다는 말들을 이레 앞에서 대놓고 떠들어 댔다. 종종 교과서나 체육복이 갈기갈기 찢기고 책상에 새겨진 입에 담지 못할 저주의 칼자국은 우진 패거리가 아닌 반 아이들의 작품이었다.

이레는 작게 고개를 끄덕였다.

"할 말이 있으니 이리 와봐."

우진이 이레를 향해 손가락을 까딱거렸다. 이레는 내키지 않는 발걸음으로 우진에게 다가갔다. 우진은 곁에 온 이레에게 혼숨에 대해 다시 한번 설명했다.

그리고 비열한 미소를 머금고 한마디를 덧붙였다.

"그래서 혼숨 체험에 네가 당첨됐어. 넌 체험자고 우린 관전자인 셈이지. 무당집이니까 귀신은 지겹도록 자주 봤을 거 아냐. 안 그래?"

우진이 이레의 어깨를 잡고 흔들어 대는 통에 이레는 정신이 혼미해지는 것 같았다.

기억 속 깊은 곳에 묻어 두었던, 여덟 살 때 경험했던 숨바꼭질의 공포가 다시금 되살아났다. 아무에게도 말한 적이 없지만 이레는 우진의 말대로 여덟 살 이후로 살아 있지 않은 존재를 보곤 했다. 물론 우진이 그 사실을 알고 한 말은 아닐 것이다. 하지만 하얗게 질리는 이레의 표정을 감출 수는 없었다.

우진이 웃음기 가득한 얼굴로 말을 이었다.

"어라. 야, 이 새끼 떠는 거 봐라."

그러자 재호가 이레의 어깨에 팔을 두르고 속삭였다.

"너무 겁먹지 마. 설마 죽기야 하겠냐? 흐흐흐."

민수는 배를 잡고 웃어댔다.

우진이 유독 들뜬 목소리로 선언하듯 말했다.

"장소는 본관 뒤 구교사. 안 그래도 과학실 유령이 출몰하는 곳이니 혼숨도 백 프로 성공하겠지. 안 그래? 크크크."

"구, 구교사?!"

"어라, 왜 그리 놀라냐? 정말로 과학실 유령이라도 본 것처럼. 하하하!"

이레가 겁에 질려 떠는 사이 혼숨 계획은 일사천리로 정해져 버렸다.

이레가 다니는 천안 중학교는 새로 지은 본관 건물 바로 뒤편에 다 쓰러져 가는 구교사 건물이 있었다. 목조로 만든 한 동짜리 건물로 확실치 않지만 일제시대에 지어졌다는 소문이 있을 정도로 오래된 낡은 건물이었다. 조만간 철거 예정으로 현재는 폐쇄되었는데, 이 구교사에는 재학생들을 통해 전해 내려오는 학교 괴담이 하나 있었다.

바로 과학실 유령이었다. 수년 전. 아직 구교사가 교실로 쓰이던 시절. 한 아이가 과학실에서 발생한 화재에 질식해 숨졌다고 한다. 전해 내려오는 이야기는 이렇다. 체육 수업을 땡땡이치려던 소년이 몰래 과학실 책상 아래 숨어들었고 그대로 잠이 들었다. 한데 재수 없게도 책상 위에 있던 화학 약품이 넘어져 햇빛과 반응해 화재가 났다. 소년은 뒤늦게 잠에서 깼지만 이미 과학실 안은 유독가스가 가득했고 출입문은 불길에 막혀 버렸다. 선생들이 가까스로 불길을 잡았지만 소년은 이미 시체가 되어 있었다.

화학 약품이 있던 플라스크가 소년 때문에 넘어졌는지 아니면 스스로 넘어졌는지는 확실치 않다. 다만 과학실에서 화제로 인한 질식 사고가 있었다는 것은 선생들도 인정하는 사실이었다. 사고 이후 구교사는 안전상의 이유로 폐쇄됐다. 그런데 폐쇄된 구교사 창가에서 사람의 형상을 봤다는 목격담이 끊이지 않았다. 초저녁 무렵. 검게 그을린 사람의 형상이 구교사 창가에 어른거리고. 이 형상에 집중하는 순간. 온통 핏발이 선 붉은 눈동자와 눈이 마주쳐 질겁을 한 학생들이 적지 않았다는 것이다.

이레가 우진의 말에 놀란 이유는 억지로 혼숨 놀이를 해야 하는 것도 있지만 이레 역시 구교사 과학실 유령을 목격했기 때문이다.

사실 여덟 살 숨바꼭질에서 망자와 처음 마주한 뒤, 이레는 때때로 생각지 못한 곳에서 망자와 마주치곤 했다. 그럴 때면 깜짝 놀란 마음을 추스르고 눈앞의 망자를 애써 외면했다. 이레가 망자의 존재를 인식하고 있다고 여기지 않는 이상 망자도 이레에게 위해를 가하거나 따라오지 않았다.

우격다짐으로 계획은 정해졌다. 발을 빼기엔 늦어버렸다. 금요일에서 토요일로 넘어가는 새벽 2시. 장소는 구교사.

인형은 이레가 알아서 준비하라고 했다. 다른 준비물 역시 이레의 몫이었다. 망할 놈의 우진은 금기 사항 3가지를 필수적으로 이행할 거라 했다. 마침 금요일은 재수 없게도 엄마가 먼 지방으로 출장 굿을 가는 날이었다. 일이 잘못돼도 엄마의 도움은 기대할 수 없었다.

온갖 걱정들이 몰려들어 남은 수업에 집중할 수가 없었다.

내 원념이 깃든 인형이 날 해치면 어쩌지. 금기를 어기고서도 무사히 혼숨 놀이를 마칠 수 있을까. 몰려드는 생각들에 미쳐버릴 것 같았다.

여덟 살 숨바꼭질의 기억이 아직도 또렷한데, 이젠 귀신과 숨바꼭질을 해야 하다니.

손이 떨려 제대로 필기를 할 수가 없었다. 장난삼아 시작한 놀이가 어떤 결과를 가져올지 아무도 몰랐다. 일의 심각성도 모른 채 희희낙락대는 우진 패거리들을 저주하고 또 저주했다.

넋이 나간 상태로 마지막 수업종료 종이 울렸다. 멍하니 앉아 있던 이레는 주섬주섬 가방을 챙겼다. 힘없이 의자에서 일어서려는 순간. 어깨를 찍어 누르는 강한 힘이 다시 이레를 의자에 앉혔다. 고개를 돌리자 민수가 비열한 웃음을 지으며 속삭였다.

"미안, 우리가 오늘 좀 바빠서. 청소 좀 부탁한다."

"……."

벌써 우진과 재호는 뒷문을 나가고 있었다. 그리고 그 뒤를 따라 나가는 민수를 마지막으로 교실에는 이레만이 홀로 남았다. 다른 청소당번 아이들도 이레만 두고 모두 도망쳐 버린 것이다.

"하… 하하…… 크… 크크크."

허탈한 마음에 웃음이 터져 나왔다.

"크크큭큭큭큭……."

갑자기 초점이 맞지 않는 안경을 쓴 것처럼 교실이 일렁였다. 두 볼을 타고 흐르는 따뜻한 물줄기.

그제야 이레는 자신이 울고 있음을 깨달았다.

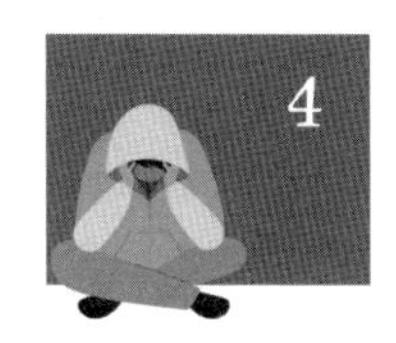

시간은 쏜살같이 흘러 마침내 토요일 새벽이 됐다.

학교 담을 훌쩍 타고 넘은 아이들은 수위 아저씨의 눈을 피해 자세를 낮추고 담장 밑 그늘 속을 뛰었다. 네 아이들은 차례대로 학교 본관 옆 오솔길을 따라 구교사로 향했다.

"헉헉. 전부 다 왔지?"

"그래, 헉헉."

"응."

"빵글 넌 왜 답이 없어!"

"그, 그래. 나도 왔어."

"정신 똑바로 차려, 새꺄."

"아야."

무릎을 짚고 숨을 고르는 이레를 향해 민수가 뒤통수를 날렸다. 덕분에 오히려 이레의 정신이 번쩍 드는 것 같았다.

결국 와 버렸다. 피하려면 피할 수 있었을까. 난 왜 이 자리에서 있을까. 하지만 이젠 후회해도 소용없다. 너무 늦어버렸다.

“역시 제법 으스스한데? 흐흐흐.”

아닌 게 아니라 달빛을 받아 희미하게 보이는 구교사는 보는 것만으로도 음산한 기운을 뿜어냈다.

“자, 새벽 2시 30분이야. 준비물은 다 챙겨왔겠지?”

이레가 고개를 끄덕이자 우진은 당장 보여 달라며 재촉했다. 이레는 마지못해 백팩을 열고 가져온 것을 우진 패거리 앞에 꺼내 보였다.

“이 새끼 가져온 인형 좀 봐봐, 큭큭.”

우진이 이레의 손에서 낚아챈 리락쿠마 곰 인형을 흔들어 보였다. 민수와 재호가 우진을 따라 배를 잡고 웃었다.

“참 골때리는 취향이네.”

“이 새끼 변태 아냐?”

이레가 서둘러 항변했다.

“그, 그냥 크레인 뽑기에서 뽑힌 게 이거였어.”

“그래 뭐 인형은 됐고. 와 이건 뭐냐?”

우진의 손에서 아이스픽의 송곳같이 예리한 끝이 달빛에 번뜩였다.

“얼음 깰 때 쓰는 아이스픽이야. 칼은 인형을 찌를 때 날에 베

일지도 몰라서 아이스픽으로 가져왔어."

"오케이. 날붙이도 됐고, 손톱깎이도 있고, 붉은 실도 있고, 쌀, 생수, 소금까지."

우진이 만족스러운 듯 고개를 끄덕거렸다.

"좋아. 좋아. 그럼 슬슬 들어가 볼까."

우진의 말에 기다렸다는 듯이 재호가 구교사 출입문을 감고 있는 녹슨 쇠사슬을 풀었다. '좌라라락.' 재호가 쇠사슬을 전부 풀어내자 민수가 출입문을 옆으로 밀었다. 오래된 나무문이 삐거덕 소리를 내며 열렸다. 우진의 손에든 랜턴 불빛이 구교사 안을 비췄다.

젠장. 이제 들어간다.

아직 밤공기가 서늘한 6월의 밤.

제법 차가운 밤바람에도 불구하고 이레의 등은 흘러내린 식은땀으로 흠뻑 젖어 있었다. 심장이 몸 밖으로 튀어나갈 정도로 고동쳤다. 긴장감에 입속의 침이 모두 말라버려 혓바닥이 까끌거렸다. 랜턴을 든 우진이 제일 먼저 앞장서 구교사에 발을 디뎠다. 그 뒤를 휴대폰 플래시를 든 민수와 재호가. 마지막으로 이레가 들어갔다.

구교사는 출입문을 기준으로 왼편으로는 창문이, 오른편으로 교실들이 늘어선 일자 구조였다. 왼편에 줄지은 창문들은 본관 건물에 가려져 달빛조차 들어오지 않았다. 오른편으로는 1반부터 4반까지 4개의 교실과 화장실 그리고 과학실, 다시 5반부터 8반까지 4개의 교실이 다닥다닥 줄지어 있었다.

우진 패거리는 칠흑 같은 어둠을 랜턴 불빛에 의지하며 화장실을 향해 성큼성큼 나아갔다. 이레는 쭈뼛거리며 그 뒤를 따랐다. 당장이라도 과학실 유령이 나타날 것만 같아 온 신경이 곤두섰다. 그 때문일까. 누군가 자신을 지켜보고 있는 느낌을 지울 수가 없었다. 삐걱거리는 낡은 나무 바닥 소리가 구교사를 가득 메웠다.

어둠 속 소년들은 마침내 목적지인 화장실에 도착했다.

"벌써 2시 45분이야. 순서는 알지? 어서 준비해."

우진의 강압적인 목소리에 이레가 자포자기 심정으로 백팩을 바닥에 놓았다. 그 바람에 랜턴 불빛 사이로 바닥의 뽀얀 먼지가 공중으로 떠올랐다.

"에이 시팔! 조심 못 해?"

재호가 티셔츠로 입과 코를 가리고 소리쳤다. 민수도 뭐라고 한마디 하려는 찰나, 우진이 재빨리 손가락을 자신의 입가에 붙였다.

"쉿! 조용히 해. 이제부터 신성한 의식을 시작하니까."

우진의 말을 끝으로 화장실에 불쾌한 고요가 내려앉았다.

이레는 가방 속에서 리락쿠마 인형을 꺼내 커터칼로 배를 갈랐다. 솜을 빼내 홀쭉해진 배에 쌀을 채우고 우진 패거리가 보는 앞에서 손톱깎이로 깎은 손톱을 넣었다. 군말 없이 작업하던 이레의 손이 눈에 띄게 느려졌다.

아무래도 다음 작업은 영 내키지 않는 듯했다.

"새끼야, 뭘 망설여. 어서 해."

민수가 소리죽여 그르렁거렸다.

"야, 저 새끼 손 떨리는 거 봐라. 큭큭큭. 졸라 무서운가 봐."

"오줌 지리는 거 아니냐."

우진과 재호의 조롱이 이어졌다.

이레는 마지못해 아이스픽을 꺼내 들고 엄지손가락을 찔렀다. 이내 손가락 끝에 붉은 핏방울이 맺히기 시작했다. 이레는 손가락을 쥐어짜 인형 배에 핏방울을 떨어뜨렸다. '톡. 톡.' 새빨간 핏방울이 쌀알을 붉게 물들였다. 곧이어 붉은 실로 인형 배를 꿰맨 뒤 소형 대야에 생수를 가득 채우고 인형을 담갔다.

시간은 2시 53분. 일단 여기까지 준비 작업은 모두 끝났다. 이레는 남몰래 한숨을 쉬었다.

"폰."

지켜보던 우진이 말했다.

이레는 주머니 속 휴대폰을 우진에게 건넸다. 우진은 직접 이레 휴대폰을 무음으로 설정한 뒤 자신의 휴대폰으로 영상통화를 걸었다.

"이제부터 우리는 바깥에서 지켜볼 거야. 이 휴대폰이 우리 눈이라고 생각하고 빠짐없이 비춰. 뺑카 칠 생각 말고. 알겠지?"

우진은 다시 한번 다짐을 받고 패거리들과 함께 화장실을 나갔다. 곧이어 미닫이 나무문이 닫히는 소리가 들렸다. 휴대폰 화면 속에 우진과 패거리들의 호기심 가득한 얼굴이 보였다. 그들 뒤로 무성한 수풀들이 보이는 걸로 보아 구교사 뒤편인 듯했다.

멀리 가지는 않았네. 망할 새끼들. 이제부터가 진짜다. 마음의 준비는 했으니까 빨리 해치워버리자.

우진은 크게 숨을 들이켜고 천천히 내쉬었다. 티셔츠 소매 끝으로 이마에 흥건한 땀을 닦았다. 때마침 휴대폰 우측 상단의 시간이 3시로 바뀌었다. 이레는 왼손에 휴대폰을, 오른손에 아이스픽을 쥐고 떨리는 목소리로 외쳤다.

"첫 번째 술래는 조이레! 첫 번째 술래는 조이레! 첫 번째 술래는 조이레!"

이레는 곧바로 화장실을 나와 복도에 서서 눈을 감고 10을 셌다.

"하나, 둘, 셋, 넷…… 열!"

이레는 다시 화장실로 돌아가 "조이레 찾아냈다"를 세 번 외친 뒤 들고 있던 아이스픽으로 물속에 잠긴 인형의 배를 강하게 찔렀다. 아이스픽은 인형의 배에 꽂혀 하늘을 향해 박혔다. 이어서 "두 번째 술래는 조이레! 두 번째 술래는 조이레! 두 번째 술래는 조이레!"라고 외치고 입에 소금물을 가득 머금었다.

이제부터는 빨리 몸을 숨겨야 한다. 현실의 존재가 아닌 술래가 깨어나기 전에.

마음이 다급해진 이레는 화장실에서 가장 가까운 4반 교실 뒷문을 열었다. "음?" 그러나 문이 잠겼는지 꿈쩍도 하지 않았다. 젠장할. 숨을 곳을 먼저 찾지 않은 것에 후회가 밀려들었다. 하지만 후회하고 있을 시간이 없다. 서둘러 4반 교실 앞문 손잡이를 움켜잡았다. 그러나 앞문도 꼼짝하지 않았다. 입에 문 소금물 때문인지 아니면 몹시 당황한 탓인지 호흡곤란이 오는 것 같았다.

진정하자, 진정…….

이레는 4반을 지나쳐 3반 뒷문을 잡았다. 역시 잠겼다. 술래를 외치고 몇 분이나 지났지? 휴대폰 시계를 보니 3시 3분이다. 화면 속 두 눈을 동그랗게 뜬 쌍놈들은 애써 외면했다. 이렇게 된 거 차라리 출입문 반대 방향으로 가보자. 이레는 발걸음을 되돌려 쏜살같이 화장실과 과학실을 지나 5반 앞문을 잡았다.

시팔, 여기도 잠겼다. 침착하자. 침착하자.

다시 5반 뒷문으로 가 손잡이에 손가락을 걸었다.

제발. 제발!

기도하는 심정으로 손가락에 힘을 줬다.

'드르륵.' 이 소리가 이토록 반가운 소리였다니.

이레는 재빨리 열린 문틈으로 몸을 집어넣었다. 이어서 문을 잠글 잠금장치를 살폈다. 그러나 문고리에 거는 잠금쇠가 부러져 있었다.

아우 씨팔.

이레는 곧바로 바닥에 주저앉았다. 그리고 문 반대쪽 대들보에 등을 대고 두 발을 쭉 펴 나무문 측면을 있는 힘을 다해 밀었다. 이렇게 버티면 웬만해선 밖에서 문을 열지 못할 것이다.

요동치던 심장이 서서히 진정되고. 이레의 코에서 나던 거친 콧소리도 잦아들었다. 구교사에는 다시 고요가 찾아왔다.

앞선 이레의 행동이 호들갑이라 느껴질 정도로 교실은 정적으로 가득했다. 소금물을 머금고 있어서인지 몹시 갈증이 났다. 당장이라도 뱉고 싶었지만 술래에게 들키지 않으려면 끝까지 소금물을 머금고 있어야 했다.

얼마나 지났을까. 뜨거웠던 몸이 차게 식었다. 바깥은 여전히 아무런 기척이 없었다. 차츰 불신감이 고개를 들었다. 혼숨 자체를 믿을 수 있는 걸까. 누가 만들었는지. 무슨 이유로 만들었는지 아무도 모른다. 누군가의 악질적 장난인지도 몰랐다.

그래. 아무 일도 일어나지 않는 거야. 전부 내 기우였어.

그렇게 마음먹자 긴장이 풀리고 이제껏 쌓인 피로가 한꺼번에 밀려왔다. 눈꺼풀이 무거워졌다. 참을 수 없는 졸음이 몰려왔다. 눈꺼풀을 누군가 아래로 끌어당기듯 서서히 감겨 갔다. 꼿꼿이 힘주던 다리에 힘이 풀려갔다.

그렇게 잠시 눈을 감은 찰나.

'철벅.'

정적을 깨는 소리에 이레는 감았던 눈을 번쩍 떴다.

희미한 소리지만 분명 흠뻑 물에 젖은 무언가가 바닥을 밟는 소리였다. 이레는 무심코 손에든 휴대폰을 보고 깜짝 놀랐다. 3시 15분. 잠깐 눈을 감은 사이 10분이 지나가 있었다.

졸았다는 건가. 정말 잠깐 눈을 감았을 뿐인데. 뭔가에 홀린 것 같았다. 근데 셔츠가 왜 이렇게 축축하지. 손으로 만지자 가슴 부분이 물에 젖어 있었다.

이런 젠장할!

그제야 잠결에 입에 가득 문 소금물을 흘렸다는 걸 깨달았다. 입안에는 소금물이 아주 조금밖에 남아 있지 않았다. 등에 소름이 돋았다.

이레의 마음을 아는지 모르는지 10분 만에 휴대폰에 얼굴을 비추자 화면 속 아이들이 분주해졌다. 우진이 주먹을 쥐고 뭐라 떠들었지만 음소거된 휴대폰에서는 아무 소리도 들리지 않았다. 굳이 듣지 않아도 놈이 뭐라는지 알만 했다.

'철벅.'

또다시 물에 젖은 발자국 소리. 게다가 이번엔 조금 더 컸다.

누군가 이쪽으로 다가오고 있다.

다시 심장이 조여들기 시작했다. 이레는 다시 휴대폰을 주시했다. 화면 너머에는 우진과 민수, 재호가 똑똑히 보였다. 최소한 놈들의 장난이 아닌 것은 분명했다.

'철벅.'

이제 소리는 확연해졌다. 겨드랑이에서 땀이 배어나 옆구리에 흘러갔다. 그 순간 휴대폰 화면에 이상이 생겼다. 패거리들의 얼굴이 그대로 멈추고 화면 전체에 하얀 줄이 물결치듯 지글거렸다. 하얀 줄이 흘러갈수록 놈들의 얼굴이 기괴하게 일그러졌다. 겁이 덜컥 났다. 이레는 서둘러 통화종료 버튼을 눌렀다. 애니메이션 캐릭터가 그려진 배경화면으로 돌아오면서 휴대폰은 정상으로 돌아왔다. 그러나 이미 끊어 버린 전화를 다시 걸 엄두는 나지 않았다.

나가서 맞아 죽더라도 일단 나부터 살자. 정 궁금하면 지들이

다시 걸겠지.

영상통화에 신경 쓸 겨를이 없었다. 결심을 굳힌 이레는 휴대폰을 주머니에 넣으려 했다. 그때 이레의 손안에서 휴대폰이 부르르 진동하기 시작했다. 전화를 걸지 않자 전화가 온 것이다. 소금물을 물고 있지 않았다면 소리 내 욕지거릴 했을 것이다.

시팔, 지독한 새끼들.

이레는 잠시 고민하다 진절머리를 내며 통화버튼을 눌렀다.

- 야 이 새끼야. 내가 절대 전화 끊지 말랬지? 어?

역시 우진이었다. 이레는 입에 문 소금물 때문에 대답할 수가 없었다. 이레의 상황을 아는지 모르는지 우진은 속사포처럼 욕설을 쏟아냈다.

- 이 망할 새끼가 어디서 수를 써. 아무 일도 없는데 괜히 전화 끊고 끝내려는 속셈이지. 어? 내가 뺑카치지 말라고 했는데 어디서 통빡을 굴려. 빨리 대답해. 어서!

미칠 것 같았다. 대체 어쩌라는 말인가.

- 왜 대답이 없어. '철벅.' 어서 말. '철벅.' 내가 당장. '철벅.'

이레는 귀를 의심했다. 우진의 말소리에 물에 젖은 발소리가 섞여 들렸다. 이레는 천천히 전화기를 귀에서 뗐다.

'철벅.'

'철벅.'

'철벅… 철벅.'

'철벅! 철벅! 철벅!'

"!!!!!!!!!"

뛰었다. 뭔가가 이쪽으로 뛰어오고 있었다.

이레가 미처 놀랄 새도 없이 뒷문이 부서져라 덜컹대기 시작했다. 질겁한 이레는 있는 힘을 다해 두 다리로 문을 막았다.

"익! 익!" 이레는 이를 악물고 버텼다. 버티고 선 다리에 서늘한 냉기가 흘러들었다. 나무문을 사이에 두고 한참 동안 실랑이가 벌어졌다. 점차 두 다리가 떨리기 시작했다. 허벅지 근육에 경련이 오는 것 같았다.

얼마나 버틸 수 있을까. 이 문이 열리면 죽는 걸까.

급박한 상황에도 오만 가지 생각이 들어 정신을 어지럽혔다. 구교사 전체에 덜컹거리는 문소리가 울려 퍼졌다.

"그만!"

참다 못 한 이레가 결국 입을 뗐다. 얼마 남지 않은 소금물이 턱을 타고 흘러내렸다. 하지만 그와 동시에 나무문에 가해지던 힘이 감쪽같이 사라졌다.

"헉. 헉. 헉."

다시 쥐죽은 듯 조용해진 교실에는 이레의 거친 숨소리만 가득했다. 나무문에 귀를 바짝 대고 숨죽였으나 아무런 기척이 없었다.

어떻게 된 거지. 갔나? 아. 휴대폰.

우진과 통화 중이었다는 게 머릿속을 스쳤다. 서둘러 휴대폰을 보니 전화는 이미 끊겨 있었다. 빈 전화기에 대고 얼마나 지랄발광을 했을까. 놈들은 귀신과 대치한 조금 전 상황을 알고 있을까. 짜증이 솟구쳤다. 모두 다 이 새끼들 때문이다. 우진 패거리에 대한 참을 수 없는 분노가 일었다.

이레는 계속 나무문에 귀를 대고 바깥 상황을 살폈다. 물에 젖은 발소리도, 거칠게 덜컹거리던 문도 언제 그랬냐는 듯 잠잠했다.

그때 이레의 머리칼이 쭈뼛 섰다. 누군가 지켜보는 듯한 기분 나쁜 시선이 느껴졌다. 전기에 감전된 듯 등골을 타고 올라온 소름이 전신에 퍼졌다. 애써 무시하려 했지만 더 이상 무시할 수가 없었다. 이레는 문에서 귀를 떼고 좌우를 두리번거렸다. 역시 아무도 없었다. 어두컴컴한 텅 빈 교실뿐. 당연한 사실에도 크게 안도했다. 하지만 정수리에 감전되는 느낌이 계속됐다.

설, 설마…….

제발 아니길 빌면서 이레는 고개를 천천히 들었다.

"히이이익!!!!!!"

이레가 숨을 삼켰다.

보고야 말았다.

이레의 머리 위. 복도 창문으로 자신을 빼꼼이 노려보고 있는.

이레와 똑같은 얼굴의 이레를.

창밖의 이레는 교실 안 이레를 내려다보며 히죽 웃고 있었다.

술래 이레의 광기 어린 눈빛에 뼛속까지 얼어붙어 버릴 것 같았다.

"찾. 았. 다……."

"으아아아아아아악!"

술래의 나직한 말에 이레는 비명을 지르며 교실을 뛰쳐나갔다. 이제 더 이상 놀이가 아니었다. 이레는 술래의 배에 아이스픽을 사정없이 찌른 것을 떠올랐다. 잡히면 술래에게 무슨 짓을 당할지 분명하다.

이레는 쿵쾅거리며 출입문을 향해 복도를 내달렸다. 달리면서도 도저히 뒤를 돌아볼 자신이 없었다. 이레의 바로 뒤에서 술래가 쫓아오는 것만 같았다.

마침내 이레가 어둠을 헤치며 출입문에 다다른 찰나, 이레보다 한발 앞서 출입문이 활짝 열렸다. 그리고 우진과 패거리가 구교사 안으로 들이닥쳤다. 우진의 등장에 이레는 잠시나마 안도했다. 하지만 안도도 잠시. 달려오는 이레를 본 우진이 다짜고짜 삿대질을 하며 욕설을 시작했다.

"너 이 새끼. 내가 절대 전화 끊지 말라 그랬지! 오늘 구교사에서 시체 한번 치워 보자. 어?"

우진이 거친 욕설을 하는 사이 마지막으로 들어온 재호가 출입문 손잡이를 잡았다. 그것을 본 이레가 기겁하며 외쳤다.

"야, 야야. 멈춰! 전화가 문제가 아니야. 당장 도망쳐야 돼."

그러나 재호는 이레의 말이 끝나기도 전에 출입문을 닫아버렸다. 이레는 발을 멈추지 않고 그대로 우진을 지나치려 했다.

"어딜 도망가려고."

우진이 재빨리 이레의 목덜미를 잡아채면서 이레의 탈출은 저지당했다.

"이거 놔. 미치겠네. 정말. 이럴 때가 아니라고."

이레는 거칠게 반항했다. 그러나 유도로 다져진 우진의 손아귀를 벗어날 순 없었다. 어쩔 수 없는 답답함. 미칠 듯한 공포에 눈물이 차올랐다.

"놔. 이거 놓으라고 병신들아. 흑흑."

그 모습을 본 재호와 민수가 키득댔다.

"야! 큭큭. 이거 봐라. 이 새끼 처 운……."

재호와 민수와 함께 방정맞게 웃던 우진의 목소리가 일순간 뚝 끊겼다. 동시에 우진을 바라보던 재호와 민수의 얼굴이 사색이 되었다.

"뭐…… 뭐야. 왜들 그래." 목덜미를 잡혀 우진을 등진 이레는 애써 목소리를 냈다. "또 장난치는 거지? 그렇지?"

하지만 재호와 민수는 그대로 얼어붙어 꼼짝하지 않았다.

"끄으으으."

기괴한 신음소리에 이어 우진이 들고 있던 랜턴이 땅바닥에 떨어졌다.

"저…… 저, 이, 이레잖아."

민수가 겁에 질려 이레의 등 뒤를 가리켰다.

"저 새낀 또 뭐야……. 우, 우진아……."

그사이 이레의 목덜미를 잡은 손이 느슨해졌다. 이레는 기회를 놓치지 않고 우진의 손을 뿌리쳤다.

"헉!" 재호와 우진의 시선을 따라 고개를 돌린 이레는 숨을 삼켰다. 바닥에 떨어진 랜턴 빛에 우진의 얼굴이 그늘졌다. 하지만 우진의 얼굴 위로 튀어나온 아이스픽은 랜턴 불빛에 반사돼 똑똑히 보였다. 우진의 왼쪽 눈알을 뚫고 나온 피 묻은 아이스픽을.

우진의 터진 눈알에서 하얀 안구액이 볼을 타고 줄줄 흘러내렸다. 멀쩡한 오른쪽 눈은 크게 치떴고 떠억 벌린 입에서 피거품이 흘러내렸다. 끔찍한 광경이었다. 아이스픽이 뒤통수를 뚫고 나왔으니 바로 즉사했으리라. 이내 눈알을 뚫고 나온 아이스픽이 스르르 사라졌다. 가까스로 서 있던 우진이 힘없이 쓰러졌다. 그제야 우진의 뒤에 서 있던 술래가 랜턴 빛에 모습을 드러냈다. 여전히 물을 뚝뚝 흘리는 술래가 피 묻은 아이스픽을 아이스크림 먹듯 혀로 할짝댔다.

"으…… 으아아아!"

"저 새낀 뭐야. 왜 네 모습을 하고 있는 거야."

남은 아이들은 맞닥뜨린 비현실적 상황에 공황상태에 빠졌다.

모두의 마음속에 잡히면 죽는다는 생각이 새겨졌다.

"살, 살려줘! 이거 왜 안 열려!"

출입문 가까이에 있던 재호가 돌연 문을 열기 위해 안간힘을 썼다. 그러나 조금 전까지도 무리 없이 열리던 문이 밖에서 걸어 잠근 듯 꿈쩍도 하지 않았다. 조바심이 난 재호는 미친 듯 괴성을 질렀다. 민수도 재호의 옆에 붙어 문을 밀었다. 그러나 두 아이들이 달라붙어도 낡은 나무문을 열 수가 없었다.

술래는 공황에 빠진 아이들을 향해 조용히 발걸음을 옮겼다. 술래와 가장 가까이에 서 있던 이레는 탄식했다.

피하기엔 늦었다. 어차피 이대로는 다 죽는다.

이레는 출입문을 여는 아이들 틈에 합류하지 않고 조용히 바지 뒷주머니에서 반으로 접힌 종이 한 장을 꺼냈다. 샛노란 종이를 펴자 커다란 붉은 색 글씨가 나타났다. 집에서 나오기 전

엄마 방에서 슬쩍한 액막이 부적이었다. 출장굿 때문인지 엄마는 부적을 싸그리 챙겨갔다. 그나마 부적을 보관하는 서랍 뒤로 떨어진 딱 하나 남은 부적이었다.

효과가 있을지 없을지는 이레도 몰랐다. 어떻게 사용해야 하는지도 몰랐다. 무당인 엄마의 무구에 관심을 가져본 적이 없다. 아니, 무당의 아들이란 것을 숨기고 살아야 했던 탓에 무구는 꼴도 보기 싫었다.

아이러니하게도 상황은 역전됐다. 이 종이쪼가리 한 장에 목숨을 걸어야 하다니. 일생일대의 모험이자 도박이었다. 일단 되는 대로 강시 영화에서 본 것처럼 부적 상단에 침을 발라 자기 이마에 붙였다.

부적 사이로 흐릿한 술래가 보였다. 이레는 숨을 참고 이를 악물었다. 물에 젖은 발소리가 가까워질수록 다리가 후들거렸다.

잠시 후 이레를 향하던 술래가 그대로 이레를 지나쳤다. 과연 효과가 있었다. 이 액막이 부적만 있으면 술래는 이레를 볼 수 없으리라. 이레를 지나친 술래는 여전히 출입문과 씨름 중인 아이들을 향해 아이스픽을 한껏 들어 올리고 있었다.

이어서 피부를 파고드는 기분 나쁜 소리와 함께 날카로운 비명이 구교사에 울려 퍼졌다. 재호 옆에 있던 민수가 어깨를 움켜쥐고 고통스러워했다. 민수가 입은 흰색 티셔츠의 어깨가 금세 붉게 물들었다. 술래는 거침없이 민수 어깨에 박힌 아이스픽을 뽑아 다시 하늘 높이 쳐들었다. 민수가 재빨리 오른손을 뻗었으나 손바닥을 뚫은 아이스픽이 민수의 왼쪽 광대에 박혔었다.

"끄아아악!"

민수는 고통에 아우성쳤다. 재호는 속수무책으로 민수가 당하는 모습을 지켜만 봤다. 술래는 엄청난 괴력으로 아이스픽을 밀어 넣었다. '끼긱. 끼긱.' 광대에 박힌 아이스픽이 뼈 긁는 소리를 내며 점점 민수의 얼굴 안으로 사라졌다. 민수의 코에서 코피가 쏟아졌다. 단말마의 비명과 함께 피눈물을 흘리던 민수의 동공이 힘없이 하늘로 올라갔다. 민수의 몸이 무너지자 술래가 민수의 몸에 올라타 아이스픽으로 사정없이 얼굴을 쑤셔댔다. 아이스픽이 민수의 얼굴에 박혔다 뽑히면서 핏줄기가 사방으로 치솟았다. 숨이 끊어진 민수의 손과 발이 아이스픽이 박힐 때마다 감전된 듯 들썩거렸다. 수박 쪼개지는 소리가 한동안 이어졌다. 정신을 놓았던 재호도 참혹한 광경에 괴성을 지르며 복도를 내달렸다.

민수가 처참하게 당하는 동안 이레는 발소리를 죽이고 출입문에서 꽤 멀리 도망쳤다.

숨을 만한 곳을 찾았으나 출입문에서 가까운 1에서 4반 교실들은 모두 문이 잠겨 있었다. 더 이상 복도에 머물다간 술래에게 들킬 것이다. 화장실은 술래를 불러낸 곳이니 갈 수 없고 화장실 옆 과학실 문고리를 잡았다. 과학실 문은 마치 이레를 기다렸다는 듯이 스르르 열렸다. 먼지와 뒤섞인 매캐한 탄내가 이레의 코를 찔렀다. 수십 년이 지났음에도 화재의 잔향이 가시지 않았다니. 영 내키지 않았지만 어쩔 도리가 없었다. 5반 교실은 뒷문이 열려 있으나 책걸상 사이밖에 없어 숨을 곳이 마땅치 않았다. 결국 이레는 과학실로 들어갔다. 여기도 잠금장치는 없었다. 바로 그때 복도를 내달리는 재호의 괴성이 들렸다. 재호도 용케 술래를 피해 도망친 것이리라.

이제 진짜 숨바꼭질이 시작됐다.

어차피 액막이 부적을 붙였으니 몸으로 문을 막기보단 숨어서 동이 트기를 기다리는 게 나을 듯했다. 흐릿한 휴대폰 불빛을 사방에 비춰보아도 숨을 만한 곳은 마땅치 않았다. 과학실 중앙 실습을 위한 대형 책상을 빼고는 말이다. 바로 과학실 유령이 죽기 전 잠들었던 곳이었다. 표면이 새까맣게 그을렸지만 그 외에는 문제가 없어 보였다. 이레는 심호흡을 하고 마음을 다잡았다. 불빛이 새어 나가면 안 되기에 휴대폰을 바지 주머니에 넣고 책상 아래 수납공간으로 기어들어갔다. 과연 내부는 이레가 충분히 숨을 정도의 공간이 있었다.

'쾅!' 서둘러 들어가던 이레가 수납공간 안쪽 기둥에 머리를 박았다. 이레는 두 손으로 입을 틀어막고 신음소리를 가까스로 참았다. 예상치 못한 충격에 눈물이 핑 돌았다. 이레는 무릎을 껴안고 앉은 뒤 조심스럽게 서랍장 문을 닫았다. 서랍장 안에는 완전한 어둠이 내려앉았다.

어느덧 복도에 요란하게 울리던 수박 깨는 소리가 잦아들었다. 죽어버린 민수를 난도질하는 것에 흥미가 떨어진 듯했다. 이어서 예의 물에 흠뻑 젖은 발소리가 희미하게 들리기 시작했다.

드디어 놈이 움직이기 시작한 것이다.

몇 발자국 뒤 교실 문이 덜컹거리는 소리가 이어졌다. 그리고 정적. 다시 물에 젖은 발소리에 이어 교실 문이 덜컹이는 소리. 또다시 정적. 놈은 1반부터 차례로 문을 열어 확인하는 것이리라. 규칙적인 발소리와 문소리가 반복됐다. 4반까지 총 8번. 교실문은 모두 잠겨 있었다. 이제 화장실 차례다.

이레는 귀를 쫑긋 세웠다. 처음과는 달리 희미했던 발소리가 선명해졌다. 물에 젖은 발소리가 가까워질수록 소름이 돋았다. 마침내 발소리가 화장실로 옮겨갔다. 타일바닥을 스치는 소리에 이어 화장실 문이 벌컥 열리는 소리에 이레가 숨어있는 과학실 책상 서랍이 열린 것처럼 깜짝 놀랐다.

이레는 의식을 행했을 때 봤던 화장실을 떠올렸다. 화장실에는 좌변기가 3칸 있었다. 놈은 그중 첫 번째 칸의 문을 연 것이리라. 잠깐의 정적. 이어서 화장실 문이 부서질 듯한 소리가 들렸다. 두 번째 칸. 역시 아무도 없었는지 정적이 흘렀다. 이제 마지막 세 번째 칸. 그다음은 과학실이다. 이제 곧 살인귀가 과학실에 들어올 생각을 하니 심장이 조여 왔다.

재호. 그 녀석은 어디에 숨었을까.

조용히 귀를 기울이던 이레가 재호를 떠올린 찰나. '덜컹.' 마침내 세 번째 칸의 문이 열렸다.

"끄아아아아아악!"

다음 순간 고막을 찢을 듯한 비명 소리가 화장실 타일에 반사

돼 메아리처럼 울려 퍼졌다. 사람의 목소리로 인식하기까지는 조금 시간이 필요한 소리였다.

비명의 주인공은 재호였다. 한 번 터진 비명은 그치지 않고 계속 이어졌다.

이레는 무릎 사이에 얼굴을 파묻었다. 모든 것이 꿈속에서 일어난 일만 같았다. 양손으로 귀를 막아도 재호의 처절한 비명이 집요하게 파고들었다. 그토록 저주했던 놈들이었건만, 막상 이렇게 되니 입안에 쓴맛이 느껴졌다.

메아리치던 비명 소리가 차츰 잦아들었다. 이제 고깃덩어리를 송곳으로 쑤시는 찰진 소리가 비명 소리를 대신했다.

이제 내 차례다.

침을 꿀꺽 삼키고 마음의 준비를 단단히 했다.

화장실을 나온 발자국 소리는 예상대로 과학실 문 앞으로 이어졌다. '쾅!' 과학실 문이 부서질 듯 열렸다. 이레의 심장이 미친 듯이 고동쳤다. 심장의 고동 소리가 책상 밖까지 들릴까 봐 두려웠다. 이윽고 과학실 바닥을 스치는 발자국 소리가 시작됐다.

그런데 뭔가 이상했다. 발자국 소리가 곧장 중앙의 책상 쪽으로 향하는 것이 아닌가. 마치 술래가 이레가 숨어 있는 책상 안을 훤히 들여다보듯이.

"!!!!!"

그제야 이레의 이마가 휑하다는 것을 깨달았다.

이런 시팔!

겨드랑이에서 흐른 땀이 셔츠를 적셨다. 조금 전 서랍 기둥에 머리를 박았을 때. 그때 부적이 떨어진 것이다. 이레는 서둘러 바닥 주변을 더듬었지만 떨어진 부적을 찾을 수가 없었다.

없어. 없어졌어! 이를 어쩌지.

이레의 호흡이 가빠지고 머릿속이 소용돌이쳤다. 공황상태에 빠지는 것 같았다.

그 순간. 머리 위에서 울리는 천둥소리에 이레는 깜짝 놀랐다.

왼쪽 관자놀이에 날카로운 통증이 일었다. 뺨을 타고 흘러내리는 미지근한 액체가 목깃을 적셨다. 비릿한 냄새가 서랍장에 확 번졌다. 욱신거리는 관자놀이에 손을 가져간 이레가 흠칫했다. 이마 근처에 가늘고 딱딱한 뭔가가 닿았기 때문이다. 게다가 그것의 표면은 몹시 미끄러웠다.

이레는 책상 상판을 뚫고 나온 막대의 정체를 깨달은 순간 경악했다. 그것은 우진 패거리들을 쑤셔댔던 피에 젖은 아이스픽이었다.

불과 몇 센티미터. 아니 몇 밀리미터만 빗겨났더라면…….

맹렬한 속도로 피가 거꾸로 솟았다. 조금만 빗겨났더라면 아마 정수리에 아이스픽이 꽂혀 있었을 것이다. 비명을 토해내려

입을 크게 벌렸으나 천식환자처럼 쌕쌕거리는 숨소리만 새어 나왔다. 너무 놀란 나머지 숨을 쉴 수가 없었다. 튀어나온 아이스픽이 좌우로 움찔거렸다. 아이스픽이 책상 상판에 단단히 박혔는지 좌우로 움직일 때마다 끼긱거리는 소리가 났다.

이레는 지금이 술래에게서 도망칠 마지막 기회임을 직감했다.

이레가 주저 없이 서랍장 문을 열어젖혔다. 눈앞에 꼿꼿이 선 술래의 두 다리가 있었다.

"이야아아아아!"

이레가 책상 서랍장을 튀어나오며 술래의 다리로 돌진했다. 술래의 다리에 충돌하면서 어깨에 망치로 내려치는 통증이 느껴졌다. 술래의 다리는 흡사 단단한 나무토막 같았다. 하지만 혼신을 다한 이레의 돌진에 술래의 다리가 휘청거렸다. 마침내 중심을 잃은 술래가 책상 옆으로 넘어졌다. 이레는 땅바닥을 짚고 벌떡 일어섰다. 몇 발자국 앞에 활짝 열린 과학실 문이 보였다.

이레의 시야 가장자리로 부스스 일어서는 술래가 보였다. 더 이상 생각할 겨를이 없었다. 이레는 전력을 다해 뛰었다. 이레의 거친 발소리가 구교사 전체를 뒤흔들었다. 순식간에 과학실을 뛰쳐나온 이레는 그대로 출입문을 향해 복도를 내달렸다. 피가 흥건하게 고인 우진의 시체를 뛰어넘고 얼굴이 다진 고기처럼 변한 민수를 지나 출입문 손잡이에 두 손을 걸었다.

"제발! 제바아아알!"

간절히 비는 마음으로 문을 밀었다.

"으아아아아 씨발! 열리라고!"

하늘이 무심하게도 나무문은 꿈쩍도 하지 않았다. 이레는 목이 터져라 외치며 나무문에 돌진했다. 몸을 부딪칠 때마다 나무가 쪼개지는 요란한 소리가 났다. 그러나 닫힌 문은 열릴 줄을 몰랐다.

마침내 등 뒤로 술래의 물에 젖은 발소리가 들렸다. 급할 게 없다는 듯 느긋하게 다가오는 술래의 발소리에 이레의 겨드랑이에서 식은땀이 미친 듯이 흘러내렸다.

"히히히히……. 찾았다……. 찾았어. 히히히……."

슬쩍 돌아본 이레를 향해 비척비척 다가오는 술래. 움켜쥔 날카로운 아이스픽. 서늘하게 웃음 짓는 자신의 모습에 더 이상의 저항은 무의미함을 깨달았다. 순간 온몸에 힘이 빠져나갔다. 다리가 후들거려 더 이상 서 있을 수가 없었다.

"오, 오지 마. 살려줘……."

애원하는 이레를 두고 술래가 천천히 입을 뗐다.

"네가…… 불렀잖아……."

술래의 입이 기괴하게 일그러졌다. 그리고 기분 나쁜 웃음소리가 새어 나왔다.

"크크크크크크."

그랬다. 술래의 말에 반박할 수가 없었다.

이레는 바닥에 철퍼덕 주저앉아 버렸다. 어느새 바짓가랑이 사이가 축축해졌다. 죽음을 마주한 순간, 한계를 넘어선 공포에 실금해 버린 모양이었다. 온몸이 얼어붙어 고개를 들어 술래를 바라볼 수조차 없었다.

고개를 떨어뜨린 이레의 눈앞에 술래의 젖은 신발이 들어왔다.

끝이다.

이레는 자포자기의 심정으로 눈을 질끈 감아버렸다.

바로 그때였다.

이제껏 굳게 닫혀 있던 출입문이 요란한 소리를 내며 활짝 열렸다. 밖에서 불어오는 찬바람이 땀에 흠뻑 젖은 이레의 목덜미에 와 닿았다. 금세 온몸에 소름이 돋아났다. 하지만 살아 있음을 느끼게 하는 반가운 소름이었다.

이게 어떻게 된 일이지.

감았던 눈을 뜬 이레는 깜짝 놀랐다.

이레의 바로 앞에서 아이스픽을 쳐든 술래가 보이지 않는 그물에 걸린 것처럼 굳어 있는 것이 아닌가. 하지만 굳어 있는 것이 아니었다. 술래가 쥔 아이스픽이 가늘게 떨렸다. 도무지 믿을 수 없는 광경에 이레는 눈을 비볐다. 그리고 목격했다. 술래를 움직이지 못하게 팔과 목을 붙들고 있는 검은 형체를. 자신의 모습을 한 술래의 얼굴 뒤에 바짝 붙어 서 있는 검은 구체를.

구체에 집중한 순간. 핏발이 가득 선 두 눈동자와 마주쳤다. 그리고 그 눈동자가 이렇게 말했다. 어서 도망치라고.

그 순간. 이레는 출입문 밖으로 몸을 날렸다.

우진과 민수, 재호가 실종된 지 3주가 흘렀다. 경찰은 우진 패거리의 수색을 공식적으로 종료한다고 발표했다.

끔찍한 혼숨의 밤이 지나고 나는 꼬박 3일 동안 열병을 앓았다. 지방에서 돌아온 엄마는 탈진한 나를 극진히 간호했다. 정신을 차리고 보니 베개 아래 부적이 놓여있었다. 뭔가 안 좋은 기운이 씐 것을 아셨던 것이리라. 하지만 엄마는 내게 아무것도 묻지 않았다. 그런 엄마가 너무나 고마웠다.

우진 패거리가 실종된 뒤, 담임과 경찰이 집에 찾아와 우진 패거리에 대해 물었지만 난 기억나는 것이 없다고 얼버무렸다. 담임과 경찰은 소득 없이 돌아갔고 더 이상 나를 추궁하지 못했다. 반 아이들의 제보로 구교사를 수색했지만 아무것도 찾을 수 없었다.

짓이겨진 아이들도, 그토록 흥건하던 핏자국도, 먼지만 쌓인 구교사에는 아무것도 없었다.

아마도 그날의 구교사는 현실과는 전혀 다른 세계였을 것이다. 이승과 저승의 경계. 이계라고 하던가. 그곳에서 죽은 아이들을 현실에서는 찾을 수 없었겠지. 하지만 아무것도 찾지 못한 것은 아니다. 나중에야 들은 이야기지만 경찰이 구교사 수색 당시 출입문 근처에서 나무 바닥을 뒹구는 리락쿠마 곰 인형을 발견했다고 했다. 인형은 그때까지도 축축하게 젖어 있었다고 했다. 그 말을 듣는 순간 소름이 돋았지만 나는 애써 아무렇지 않은 듯 표정을 감췄다.

어쨌든 다소 위험하긴 했지만 내가 바라던 대로 놈들은 처참하게 살해됐다. 내가 소환한 원념에 의해서…….

혼숨 놀이에 직접 참여도 하지 않았는데 술래에게 죽임을 당했으니, 놈들은 지금도 자신들이 왜 죽었는지 이해하지 못할 것이다. 지금에서야 말하지만 자업자득이다.

돌이켜 보면 그날 내게 빵셔틀을 시키지 않았더라면, 난 다리가 꼬여 넘어지지 않았을 것이고 놈들도 피를 보지 않았을 것이다.

그날 청소당번을 시키지 않았더라면, 난 놈들의 피가 묻은 휴지를 쓰레기통에서 찾아내지 않았을 것이다. 그랬다면 내가 가져간 인형 머리에 미리 놈들의 피 묻은 휴지와 머리카락을 넣는 일도 없었을 것이다.

어차피 나도 내 목숨을 걸고 벌인 일이다. 후회는 없다.

며칠 전 해 질 무렵 우연히 구교사 창가에서 과학실 유령과 함께 있는 놈들을 봤다. 그날 과학실 유령은 왜 날 도와줬을까. 그 이유를 유령과 함께 있는 우진 패거리들의 얼굴을 보고서야 깨달았다. 한없이 고통으로 일그러진 놈들의 표정을 보고서야 말이다.

과학실에서 죽어간 소년 역시 왕따였던 것이다. 친구들의 괴롭힘을 피해 과학실에 숨어들었다 변을 당한 것이리라.

크크크크.

때때로 과학실 유령에게 영겁의 고통을 받을 놈들을 생각하면 웃음이 터져 나온다. 가해자에서 피해자로 뒤바뀐 심정을 죽은 뒤에야 느끼다니. 이보다 잔인한 형벌이 어디 있겠는가.

목숨을 건 숨바꼭질도.

혼자만의 숨바꼭질도.

이것으로 마지막이기를.

영원히 중 3으로 남아 울부짖을 놈들을 생각하며 홀로 각오를 다진다.

야, 놀자!

양수련

사십여 년 만에 걸려온 윤의 전화는 뜻밖이었다. 연락 한번 하지 않고 지낸 긴 세월 동안 어딘가에서 자신의 소식을 들으며 살고 있었던 것일까. 그렇지 않고서야 어떻게? 통화 중에도 그랬지만 윤과의 전화가 종료된 후에도 혁은 묘한 기분에서 쉽게 헤어 나오지 못했다.

윤이 어떻게 살고 있는지는 활자를 통해 종종 접했다. 만나야겠다고 마음을 먹었다면 윤의 연락처는 얼마든지 알아낼 수도 있었다. 여행이 직업인 윤은 매체를 통해 사람들과 교류하며 살았고, 법무사가 된 혁은 사무실로 찾아오는 손님을 마주하며 살아온 지난날들이다.

"시간이 나면 내게 좀 와줄래?"

혁은 윤의 그 말을 몇 번이나 곱씹었다. 서울의 한 귀퉁이에 살고 있는 자신을 찾아낸 것도 놀라웠지만 사십여 년 만에 전화를 걸어와서는 '시간이 나면'이라는 말은 적당치 않았다. 없는 시간이라도 쪼개서 와달라고 해야 하지 않았을까.

윤의 태도가 이해되지 않는 것도 아니었다. 그토록 조심스럽게 말을 해야 될 만큼 너무 멀리 온 것이다. 어릴 적 함께 놀았다지만 겨우 보름이다.

요 며칠 꿈에 나타난 묘이는 윤의 소식을 알리려던 것이었는지도 모를 일이다. 윤과는 절친한 사이였으니. 묘이는 할 말이 있는 것처럼 입술을 달싹거리다가 차마 말하지 못하는 얼굴로 홀연히 사라지기를 반복했다. 멀어지는 묘이를 붙잡기 위해 혁은 손을 뻗었지만 허공을 휘젓다가 나락으로 떨어지고 땅에 닿기 직전에 꿈에서 깼다.

커튼이 드리워진 침실은 캄캄하기만 했다. 어둠에도 환하게 빛나는 달덩이 같은 묘이의 잔영에도. 혁이 팔을 휘젓고 번뜩 깬 그 순간 아내 숙이 몸을 뒤척였지만 다시 잠잠해진다. 묘이가 나타난 밤이면 잠은 더 잘 수 없게 확 달아나 버렸다.

혁은 아내가 깨지 않게 조용히 이불을 젖히고 침대를 빠져나왔다. 아파트 베란다 창문가에 서서 시린 밤을 멍때린다.

밤에 찾아온 묘이는 예전의 모습 그대로다. 자라지 않았다는 말이 더 정확할지도 모르겠지만. 평생을 살면서 딱 한 번의 만남이었다. 묘이와 보낸 그 밤은 강렬하고 수십 년이 흐른 지금에도 떠올리자면 생생했다. 큐피드의 풋 화살이 심장에 박힌 밤이고 구름을 탄 듯 붕 뜬 기분에 지루할 틈 없던 밤이다. 묘이를 생각하면 살랑살랑한 바람이 분다. 실없이 왜 그렇게 웃는 거냐고 할아버지는 놀렸지만 어린 혁은 바보처럼 실실 쪼갰다.

벌써 사십여 년이나 지난 일이지만 묘이가 어떻게 생겼냐고 묻는다면 혁은 지금도 묘사할 수 있다. 묘이와 함께 나눴던 얘기들까지도. 하지만 혁은 지금까지 누구에게도 묘이에 관한 얘기를 해본 적이 없다. 지금의 아내 숙과 결혼한 이후에는 더욱이.

윤을 만난다면 가능하지 않을까. 그 시절로 돌아가 묘이에 관한 담소를 실컷 나눌 수 있지 않을까. 병원에 입원해 있는 사람이니 아무 때나 여유로울 때 가도 되지 않을까.

윤도 약속 날을 따로 잡지 않았다. '시간이 나면'이라고 하지 않았던가. 중병은 아니겠지. 입원한 김에 삐거덕거리는 몸을 좀 돌보고 있는 거겠지. 혁은 자꾸 드는 불길한 생각을 애써 지우고 미뤄뒀던 염색도 했다. 사십대 후반부터 흰머리가 듬성듬성 나기 시작했지만 그 또래 다른 사람들에 비하면 흰머리가 적은 편이라고 미용실 원장은 안심시켜 주었다.

머리를 검게 염색하자 사십대라고 우겨도 믿을 만한 외모다. 혁은 거울 앞에서 한참 멋을 부렸다. 5월이지만 반팔만 입고 나서기에는 쌀쌀한 토요일 아침이었다.

혁은 하얀 와이셔츠에 분홍빛이 감도는 넥타이를 찾아 맸다.

"어디 가? 휴일인데?"

아내 숙이 팔짱을 끼고 서서 수상쩍은 눈길을 했다.

"으응, 친구가 병원에 입원을 했대서……."

혁은 거짓말을 하는 것도 아닌데 뭉그적거리는 말투다.

"난 또 애인이라도 만나러 가는 줄 알았지. 하도 부산을 떨어대서……, 아픈 사람 만나러 가는데 치장에 신경 쓰고 당신답지 않아."

"화사한 차림이면 환자한테 좋겠지. 우중충한 차림보다야. 안 그래?"

"발끈하기는……. 저녁에 애들 온다니까 그 전에 와."

아내는 명령조다. 빈번하게 듣는 말이지만 오늘따라 왠지 귀에 거슬린다. 혁은 대답하지 않고 있다가 대답을 기다리는 숙의 맹렬한 눈초리에 알았다고 대꾸했다.

"얼굴만 보고 올 거야. 그리고 애들한테 전해. 앞으론 어버이날 그런 거 꼬박꼬박 챙길 필요 없다고. 저도 아빠가 됐으니 부모 노릇이나 제대로 하고 살아주면 우리한테야 땡큐지. 효도 받자고 낳아 키운 자식도 아닌데……."

신혼생활도 따분했지만 결혼하고 1년이 넘어가자 숙은 아이를 원했다. 바쁜 남편 등만 보고 사는 것에 이골이 나고 재미가 없다

나. 다정한 남편이 못되기는 했다. 법무사 사무실을 개업한 지 얼마 안 된 터라 수입이 많지도 않았다. 아이는 좀 나중에 갖자는 말에도 숙은 삶의 새로운 의미와 재미를 아이에게서 찾았다.

숙은 그렇게 자신이 원하는 아기를 낳았고, 혁은 아내의 관심사에서 아들의 뒷전으로 밀렸지만 평화로웠다. 숙에게 아들은 생활의 전부였고 혁은 아들이 언제 어른이 됐는지 생각이 잘 나지 않았다. 아들이 결혼해 독립하자 숙은 심심했던 결혼 초로 돌아간 듯했다.

"나는 우리 아들한테 효도를 좀 받아야겠거든. 당신 없인 살아도 내 아들 없인 못 산다고! 뭐어, 어버이날 그런 거 챙길 필요가 없어? 그럼 난? 아들 며느리에 손녀도 못 보고 거북이 등짝 같은 당신만 보면서 살란 거야?"

숙은 아들 내외와 거리를 두는 혁의 말에 쌍심지를 켰다. 기념일이라도 있어야 핑계김에 얼굴도 보고 말도 섞고 하는 것이라고. 숙의 말이 틀린 것도 아니지만, 오늘이 무슨 날인지 아냐고 말을 흘려가며 챙기는 시어머니를 며느리가 좋아할 리 없다.

혁은 말꼬투리를 붙잡고 늘어지는 숙을 뒤로하고 서둘러 집을 나섰다. 곧장 서울역으로 가 대전행 표를 구매했다. 얼굴만 보고 금방 올 것이라고 했지만 짧은 여정의 병문안이 되지 않으리라는 생각은 벌써 했다.

달리는 KTX 안에서 혁의 시간은 과거를 향해 달렸다. 초등학교 5학년 무렵의 여름이다. 혁은 여름방학을 맞아 외가가 있는 사천으로 향하는 열차에 몸을 실었다.

사천의 아이들에게 게임기는 구경조차 할 수 없는 물건이고, 요즘처럼 넷플릭스나 유튜브 같은 것들이 있지도 않던 시절이었다. 아이들은 자기 집 앞마당이나 동네 공터에 자리 잡고 놀았다. 땅따먹기나 자치기, 비석치기 등 주변에 있는 돌과 나뭇가지 등을 이용한 놀이를 즐기면서.

사천 아이들의 놀이는 간단했으나 혁은 재주가 없었다. 땅따먹기를 하자면 돌을 조준하고 그 돌을 날릴 만한 손가락 힘이 있어야 했다. 아이들이 지켜보는 앞에서 헛발처럼 빗나간 손끝은 괜히 아프고 민망했다. 밥 먹고 땅따먹기만 했나 싶을 정도로 다른 아이들은 돌덩이를 손가락 끝으로 잘도 날리는데 말이다. 자치기는 긴 자로 짧은 자 끝을 내리쳐서 날린 후에 되받아쳐야 하는데 혁은 허공에 뜬 짧은 자를 맞받아치지 못했다. 발등에 올라앉은 돌을 떨어뜨리지 않고 걸어야만 하는 비석치기는 발등이 솟아서 돌을 얹기만 하면 그대로 땅으로 떨어져 내렸다.

상황이 이러하니 혁은 아이들이 노는 것을 지켜보며 훈수를 두거나 자신의 편을 정해 응원하는 일을 했다. 그렇지 않으면 어느 쪽이 이겨도 다 좋은 깍두기가 되어 끼어 놀았다. 노는 것에 정신 팔려 있다가 보면 해가 지고 아이들은 자신들을 부르는 소리에 내일을 기약하며 각자의 집으로 돌아갔다.

사천 외조부의 집에서 여름방학을 보내는 혁도 다른 아이들과 똑같은 일상을 보냈다. 아침을 먹고 나면 동네에 나가 놀고 저녁때가 되어 집에 돌아오는 일을 반복했다. 그곳의 아이들은 다양한 놀이를 돌아가면서 했다.

그중에 뜨악한 놀이 하나가 있었는데 바로 '묘 뺏기'였다. 해본 적 없고 들어본 적도 없는 놀이여서 호기심에 하겠다고 나섰다가 놀이의 정체를 알고는 경악했다. 가상의 묘도 아닌 진짜 묘를 갖고 벌이는 놀이. 진짜 묘를 뺏는다고? 어떻게? 왜?

죽은 사람이 묻혀 있는 묘를 떠올리는 것만으로도 혁은 몸이 으스스했다.

묘이를 만나게 된 것은 혁이 께름칙하게 여기던 묘 뺏기를 통해서였다. 그날의 윤은 집에 안 좋은 일이 있는 듯 표정이 어두웠고 시무룩해 있었다.

"이번에 정차할 역은 대전역입니다. 내리실 분은 두고 내리는 물건 없이 잘 챙기시길 바랍니다."

목적지 안내 방송을 듣고서야 혁은 과거의 상념들에서 화들짝 벗어났다. 손에 따로 들고 온 가방이 없는데도 습관처럼 주변을 확인하고는 열차에서 내렸다. 역 광장 끝에서 택시를 잡아 타고 윤이 입원해 있다는 병원으로 향했다.

외할아버지의 집에 온 혁은 짐을 부려놓자마자 동네 구경에 나섰다. 집들은 적당한 거리를 두고 위치해 있기도 하고 두세 집이 모여 있기도 했다.

혁은 어느 집의 바깥마당에서 놀고 있는 아이들을 발견하고는 스무 걸음쯤 떨어진 곳에서 바라보기만 했다. 말총머리를 한 아이와 군인 머리를 한 또래의 아이 세 명이 사각형의 모양을 땅에 그려놓고 쪼그려 앉아 각자의 땅을 넓혀가는 놀이에 열중하고 있었다.

혁은 환호와 탄식이 오가는 아이들의 놀이에 끼고 싶었지만 먼저 말을 걸기는 어려웠다. 떨어져서 아이들의 눈치만 봤다.

"야! 너도 할래? 껴줄게."

한 판의 게임이 끝난 후였다. 말총머리를 한 아이가 가까이 오라며 손짓했다. 혁은 기다렸다는 듯이 뛰어갔다. 처음 만난 혁에 윤은 낯가림도 없이 물었다.

"너, 어느 집에 온 손님이야?"

"저어기 할아버지 집에…… 방학 동안……."

혁은 마을 안쪽에 위치한 외조부의 집을 검지 끝으로 가리켰다. 윤이 대뜸 "염소 할아버지네" 했다. 염소를 키우는 다른 집들도 많은데 아이들은 혁의 외조부를 '염소 할아버지'라 불렀다. 그래봐야 겨우 두 마리인데 말이다. 우리 할아버지가 왜 염소 할아버지냐고 혁은 되묻지 않았다. 동네 어른들도 다들 그렇게 부른다는 것을 알고 있었으니까.

"어디서 왔어?"

"서울."

"얼마나 있다가 가는데?"

"한 일주일이나 열흘쯤."

"몇 학년이야?"

"5학년."

"우리랑 똑같네."

아이들의 질문과 혁의 대답은 속사포로 오갔다. 윤의 '우리랑 똑같네'는 '그런데 왜 이렇게 우리랑은 다르지'라는 뉘앙스를 풍겼지만 혁은 크게 신경 쓰지 않았다. 아이 하나가 이제 넷이 되었으니 편을 먹고 놀이를 하자고 제안했다.

놀이의 새판은 윤이 짰다. 앞전에는 사람이 홀수여서 세 명이 각자의 편이 되었지만, 이번에는 짝을 이뤄 두 팀으로 가르고 사각형도 다시 그렸다. 혁과 한 편이 된 윤은 땅을 넓혀가는 일에 노련했지만 혁은 번번이 헛손질을 했다. 혁이 땅을 넓히지 못하고 상대편에 차례를 넘겨주더라도 윤은 화를 내거나 혁 때문에 졌다고 투덜거리지 않았다.

"서울 맹탕이네."

윤은 그 한마디를 하고는 배꼽을 쥐었다. 상대편의 승승장구에는 풀이 죽어 한숨을 푹푹 내쉬다가 윤의 차례가 오면 열정적이 되어 혁의 몫까지 기를 쓰고 땅을 넓혔다. 하지만 혁과 한 편이 된 윤은 번번이 졌다. 짜증을 부리거나 화를 낼만도 한데 윤은 다른 아이들과 달리 어른스러웠다.

"괜찮아. 우리한텐 내일이 있잖아."

윤은 혁을 위로하고는 한바탕 잘 놀았다며 손을 털었다.

다음날이 되면 아이들은 약속이나 한 듯이 어제의 그곳에 모였다. 윤은 종종 새로운 놀이를 제안했다. 윤이 어떻게 새로운 놀이를 만들어내는지 다른 아이들은 알고 있었겠지만 혁은 그렇지 않아서 새로운 놀이 방식을 윤이 설명하자면 홀로 감탄했다.

공깃돌을 던져 집고 받기를 반복하는 규칙이 있다고 하면 윤은 던진 공깃돌을 받지 않고 줍기만 하는 방식이나 점수를 낼 때 손을 꺾어 공깃돌을 받는다거나 양손을 활용한 공깃돌 놀이 등을 개발해 전수했다. 기존의 놀이에 새로운 방식과 규칙을 더

해 같은 도구나 재료를 갖고도 얼마든지 새로운 놀이가 만들어졌다.

알고 나면 별것도 아니지만 다른 아이들은 생각해내지 못하는 것들이었다. 색다른 놀이를 윤이 뚝딱 잘 만들어내기도 했지만, 매일 같은 놀이를 하자면 우리 중 윤이 싫증을 가장 빨리 내기도 했다.

상황이 이렇다 보니 놀이는 윤을 중심으로 새로운 것이 만들어졌다. 그날도 그랬다. 백여 개의 공깃돌을 놓고 누가 더 많이 따는지를 하고 있었다. 남자아이 셋이 한 편을 먹어도 윤을 이기기란 어려운 놀이였다.

"우리 이제 다른 놀이 하자."

역시나 윤이다. 번번이 이기는 게임에도 윤은 흥미를 잃었다.

사천에 온 지 나흘 만에 혁은 윤 덕분에 변주된 다양한 놀이를 알았다. 혁이 어느 한 놀이에 이제는 자신 있다고 여길 즈음이면 윤은 여지없이 다른 놀이로 넘어갔다. 다시 하면 이번엔 이길 수 있는데……. 아쉽지만 놀이대장은 윤이고 혁이 서툰 새로운 놀이를 하게 되더라도 그들과 함께 노는 것만으로도 하루가 언제 갔는지도 모르게 지나갔다.

"다른 어떤 거?"

혁은 호기심 어린 눈빛으로 물었다.

"묘 빼기!"

어떻게 하는 놀이인지 알 수 없지만 '묘'라는 낱말이 들어가 있다는 사실에 혁은 흔쾌하지 못했다. 윤이 지금 막 만들어낸 새로운 놀이일지 모른다고 생각했다.

"그래, 그거 하자."

다른 아이가 엄지손가락을 세우고 말했다. 할 사람은 그의 엄지를 붙잡으면 되는 거였다. 혁은 자신만 모르는 놀이가 또 있구나 싶었다. 혁은 엄지로 연결된 손을 떨떠름한 얼굴로 마지못해 잡았다.

"다들 동의했으니 가자!"

"묘 빼기인지 뭔지 그냥 여기서 하면 안 돼?"

윤이 새로운 놀이를 위해 아이들과 자리를 이동하려던 때였다. 혁은 좋은 장소를 놔두고 땡볕에 옮겨가려는 윤을 말로 붙잡았다.

"여기가 감나무 그늘도 있고 좋잖아. 땀나면 식힐 수도 있고."

"묘 빼기 놀이는 일단 묘가 있어야 돼."

"뭐어? 묘? 진짜 묘가 있어야 한단 거야?"

"응."

혁은 눈이 휘둥그레졌다. 땅에 '묘'라고 그림을 그려놓고 하는 놀이가 아닌가 보다. 혁은 궁금증에 윤을 따라 한여름의 땡

별 속으로 들어갔다.

동네가 훤히 내려다보이는 산자락의 언덕에 올망졸망한 묘들이 모여 있었다. 학교 운동장만은 못해도 동산은 꽤 넓었다. 한겨울에도 햇볕이 잘 들 것 같은 그곳에 아홉 개의 봉분이 들어서 있었다. 작은 비석 하나 세워져 있지 않은 묘와 동산의 잔디는 말끔하게 손질되어 있었다. 묘가 있긴 했지만 몇 명의 아이가 뒹굴고 뛰어놀기에는 최적의 장소였다.

"먼저 성이 될 자신의 묘를 정해. 성 밖에선 깨금발로 다니고 두 발이 땅에 닿으면 죽는 거야. 내 성을 공격해오는 적과는 깨금발로 나가 싸워야 하고 이기면 상대의 성에 깃발을 꽂을 수 있지. 우린 깃발 대신 이 돌을 상대의 묘 위에 놓으면 이기는 거야. 성마다 주인이 다 다른데 성주가 다른 적과 싸우고 있을 때 그 틈을 이용해 빈 성을 차지할 수도 있어. 제일 많은 성을 차지한 사람이 승자야."

묘 뺏기 놀이가 처음인 혁을 위해 윤은 놀이의 규칙을 차근차근 설명했다. 다른 아이들은 벌써 자신의 성이 될 묘를 찾아 움직였지만 혁은 윤의 설명을 다 듣고도 곧바로 움직이지 않았다.

"너도 하나 골라. 저기 있는 저 묘만 빼고."

"저건 왜?"

"그거야 내가 지금 막 찜했으니까 그렇지."

혁이 꾸물거리는 태도를 취하자, 윤은 어서 정하라고 닦달했다.

"어른들한테 혼나지 않을까? 묘에서 논다고? 돌아가신 분들이 저 안에 계시잖아."

죽은 사람의 묘를 밟고 논다는 게 혁은 영 찜찜했다. 언젠가 추석에 할아버지와 아빠를 따라 성묘를 갔다가 그때에 조상 묘의 끝자락을 밟았을 뿐인데 함부로 밟고 다니면 안 된다고 주의를 들었던 터였다.

비석은 없지만 누군가 관리하고 있는 주인 있는 묘가 분명했다. 주인이 없는 묘라고 해도 묘를 딛고 다니며 논다는 것은 왠지 마음이 불편했다.

"그래서 안 하겠단 거야?"

"난 그냥 어떻게 하는지 구경 좀 하면 안 될까?"

"그럼, 그러던가."

윤은 더 길게 말하지 않고 쌩하니 돌아섰다. 혁이 구경을 하든지 말든지 윤은 다른 아이들과 놀이에 열중했다. 윤과 아이들은 서로의 묘를 차지하기 위해 공격과 방어를 이어갔다. 윤은 수비를 적극적으로 했고 다른 아이들은 공격적으로 성을 탈환해 나갔다.

혁은 소나무 밑에서 묘를 밟고 다니는 아이들을 유심히 보기만 했다. 그들 중 누가 더 많은 묘를 차지했는지, 승자가 누구인지 하는 것은 중요하지 않았고 알고 싶지도 않았다. 땅속에 누워 있는 시체가 절로 떠올라서 혁은 이맛살을 찌푸렸다.

윤과 아이들은 아무렇지 않게 묘와 묘 사이를 오가고 봉분에 자신의 돌을 세울 때면 영토 확장의 승리를 자축했다.

아이들이 한창 놀이에 빠져있는 사이 동네 어르신 한 분이 동산 쪽으로 걸어왔다.

아이들이 야단을 맞게 되는 것은 아닐까. 혁은 조바심이 났다. 저러다 혼날 텐데, 진짜. 어르신을 혁만 본 것은 아니어서 언제 묘에 올라서 있었냐는 듯이 윤과 아이들이 내려올 줄 알았다.

혁의 예상은 보기 좋게 빗나갔다. 아이들은 누가 보거나 말거나 개의치 않았고 어르신은 묘 동산에 이르렀다.

"안녕하세요, 아저씨."

동네 어르신을 보고 윤이 인사를 하는 것은 당연했지만 혁은 놀랐다. 묘에 올라선 채여서 혼나도 상관없다는 것인가 싶었다. 쾌활하고 붙임성 좋은 아이라는 것은 알겠으나, 윤은 참 겁이 없다.

"어, 윤이구나. 아버지한테 이따 저녁에 우리 집에 한번 들르라고 전해라."

"네. 아저씨."

"그럼, 재밌게들 놀아라."

"네에. 조심히 가세요."

이번엔 윤과 아이들이 단체로 인사했다.

혁이 우려했던 일은 벌어지지 않았다. 다만, 죽은 사람이 묻혀 있는 묘를 동네 아이들이 막 밟고 다니는데 야단은커녕 재밌게 놀라고 되레 부추기니 혁은 혼란스러웠다.

혹시 눈이 어두워서 못 보신 것은 아닐까. 아니다. 그 후로도 동네 어르신 몇 명이 묘 동산 곁을 지나갔지만 혁이 걱정했던 일은 일어나지 않았다.

혁은 아이들을 위해 동네 사람들이 만들어놓은 가짜 묘일지도 모른다는 생각이 들었다.

혁은 꽃이 좋을까, 음료수가 좋을까 고민하며 병원 인근의 상점을 기웃거렸다. 사십여 년 만에 보는 친구의 병문안을 빈손으로 가기는 멋쩍었다. 꽃을 사고 싶긴 했지만 시들어가는 꽃을 환자에게 선물하는 것은 좋지 않다고 하니 접었다. 대신 건강보조식품점에 들러 홍삼 액기스를 샀다. 병문안 선물로 들고 가기에는 부담을 느낄지 모를 고가의 상품이지만 혁은 마땅한 것을 찾지 못했다.

병원 로비에 들어선 혁은 윤의 병실을 찾아 엘리베이터를 탔다. 윤이 남긴 병동의 호실은 암센터 병동이어서 순간 마음이 무거웠다.

윤을 알아볼 수 있을까. 매체에 실린 윤의 사진을 보기는 했다. 얼굴 윤곽과 눈매 그리고 입매가 어릴 때의 모습 그대로였다. 그것도 몇 년은 된 것 같다.

환자의 이름이 적힌 입원실 앞에서 머뭇거리던 혁은 매체에서 본 윤의 얼굴을 상기시키며 병실 안으로 발걸음을 옮겼다.

4인실 병실엔 윤 말고도 두 명의 환자가 더 있었다. 쇠약해진 그들은 가족인지 간병인인지 확인할 순 없지만 다들 보호자가 곁에 있었다. 혁은 자신이 기억하는 윤의 모습을 떠올리며 그곳의 환자들과 얼굴을 맞댔다.

병실 안쪽에서 세 번째 환자와 시선이 마주쳤을 때 혁은 그가 윤이라고 짐작했다. 금방이라도 바스러질 듯한 미소로 그가 혁을 반기고 있었기에.

"……윤?"

방금 전까지 혁이 떠올렸던 윤의 얼굴과는 확연히 달랐다. 병색이 완연했고 입김만 후우 내뿜어도 그대로 쓰러질 듯 작고 창백했다.

"용케도 와줬네."

윤은 목소리도 흐릿했다. 팔에는 고정된 주삿바늘이 꽂혀 있었고 코에는 콧줄이 끼워져 있었다. 혁은 홍삼엑기스 쇼핑백을 든 채 멍청하게도 서 있었다. 앉으라는 말을 윤이 할 때까지 혁은 자신의 기분을 어떻게 드러내야 할지 몰라 난감했다.

"어디가 어떻게 아픈 거야?"

혁은 들고 온 쇼핑백을 사물함에 넣고 윤의 병상 옆에 섰다.

"췌장암이 내 저승길에…… 동행해주겠다고 찾아왔지 뭐야……. 담배는 피우지도 않는데……. 유전인가봐……. 그렇게 쳐다보지 마. 난 괜찮으니까……. 태어났으니 한 번은 죽는 거지. 나도 너도 다."

윤은 자신의 죽음을 남 얘기하듯 했다. 혁이 생각했던 것보다 윤의 상태는 심각했다.

"좀 더 일찍 연락하지 그랬어?"

백 세를 바라보는 시대에 오십 중반이면 아까운 나이다. 윤의 전화를 받았을 때만 해도 묻고 싶은 말이 많았었는데……. 빛이라고는 쬐어보지 못한 뱀파이어처럼 창백한 윤의 피부와 앙상한 몸을 보자니 혁은 묻고 싶었던 것들이 뒤로 밀려났다.

"그러게…… 왜 이제야 연락할 용기가 난 걸까? 전 같으면…… 자존심 상해서 못했을 일인데……. 죽는다고 생각하니까…… 망설일 여유가 없더라고……. 창피한 것도 미련 떨던 것도 다 나가떨어지더라고……. 죽음이 코앞에 오니까 맥을 못 춰. 힘도 못 쓰는 그런 것들로…… 나를 괴롭히지 않았으면 좋았을 텐데……. 왜 일찍 깨닫지 못했을까?"

"전화 한번 하는데 자존심은 무슨……."

말은 그렇게 했지만 혁 또한 그 사소한 전화를 사십 년 동안 하지 못했다. 사는 것에 바빠 시간이 없었다는 핑계는 댈 수도 없는 무색한 세월이다.

"곧 떠난다고 생각하니까…… 옛 친구가 그립더라고……. 얼굴도 보고 싶고 옛 얘기도 하고 싶고……. 우리가 같이 놀던…… 그 여름방학을 아직도…… 못 잊어서 그런 건지도 모르지."

가쁜 숨에 윤의 말은 끊겼다가 다시 이어지기를 거듭했다. 더 늦추자면 영원히 할 수 없는 말들이 될 것이고 혁을 오래 붙잡아둘 수도 없다.

혁은 윤의 마음을 헤아렸고 잠시나마 간병인을 자처했다. 윤이 조금이라도 덜 움직일 수 있게 수발을 들고 끼니를 챙기며 듬성듬성 나오는 얘기들에 잠자코 귀를 기울였다.

대학생이 된 혁이 외가에 갔을 때 윤은 사천에 더는 살지 않았다. 그의 가족을 따라 다른 지역의 소도시로 이사를 갔다는 소식만 전해졌다. 그때 이후로 윤을 다시 만나게 된 것은 잡지 매체를 통해서였다.

윤은 낯선 곳을 찾아 여행했고 글을 썼으며 1년이면 절반 이상을 여행 가이드로 해외에 나가 있었다. 혁은 '여행가'라는 이름을 달고 윤이 쓰는 에세이를 읽었다. 윤의 삶은 그 안에 고스란히 담겨 있었다.

"영광이군. 그 많은 사람과의 만남 중에 기억도 가물가물한 나를 마지막 순간에 떠올렸다니……. 가족을 다 제치고."

그 순간 혁은 아차 싶었다. 괜한 말을 했다. 병실에 들어선 때에 윤은 간병인도 없이 혼자였다. 시한부의 생의 선고받은 환자가 병실에 혼자 있다는 것은 길게 생각할 것도 없는 일이다. 윤의 글에 부모의 이야기는 가끔 등장했어도 남편이나 자식에 관한 내용은 없었다.

혁은 붉힌 얼굴로 미안하다고 사과했다.

"뭐가 미안한데? 내가…… 혼자인 거?"

윤이 하얀 치아를 드러내고 활짝 웃는다.

"남자가 없었던 것도 아닐 테고, 결혼은 왜 안했어?"

"왜 안 했냐고? 그러는 넌…… 그때 내게 왜…… 그랬는데? 내가 네가 다니는 학교로…… 찾아갔었잖아. 그때…… 왜 그랬어?"

"그게 무슨 소리야?"

혁은 처음 듣는 말처럼 깜짝 놀랐다. 윤이 뭔가를 잘못 기억하고 있는 것은 아니냐고 되물었다.

"미안해서 모르는 척하는 거라면…… 그러지 마……. 안 그래도 비참하니까……. 그때 너만 좋다면 그냥 만날까도 했어……. 결혼하자고 하면 그럴 생각도 했지……. 근데 내가 말을 꺼내기도 전에 네게 거절당했지……. 아무렇지 않게 네가 웃으며 말했거든……. 지금 나 바쁜데, 라고 했지, 아마."

혁은 생각이 안 난다는 표정으로 고개를 갸우뚱했다. 교정에 단풍이 한창이던 가을이었다는 말을 덧붙이고서야 혁은 학교로 찾아온 그날의 윤을 겨우 떠올렸다.

법무사 자격시험 공부에 열을 올리고 있던 때였다. 한 차례 떨어진 경험을 했던 터라 이번엔 어떻게든 상업등기법 및 비송사건절차법에서 모자란 점수를 채워 1차 시험을 통과하겠다고 작정했다. 그런다고 합격할 수 있는 건 아니지만 어쨌든 법무사 자격시험 준비에 정신이 팔려 다른 것은 눈에 들어오지도 않았다.

윤은 그때에 찾아왔다. 5학년 여름방학 이후로 만난 적 없는 윤의 방문은 의외였다. 오랜만이라 반갑기는 했다. 내용이 뭐였는지 생각도 나지 않는 잠깐의 대화를 교정 벤치에서 나눴던 것도 같다. 낮도깨비 같은 윤이 제 기분에 잠깐 다녀간 것이라 혁은 마음에 담아두지 않았다.

"그때 우리가 무슨 얘기를 나눴었나? 난 왜 하나도 생각이 안 나지?"

"그럴 거야…… 아무 말도 내가 안 했으니까."

"진심도 아니었네. 그렇게 먼 길을 와놓고 안 한 걸 보면."

"그런가……. 하지만 그땐 그랬어……. 고백 아니라 더한 것도 해야 한다."

"근데 왜 안 했어?"

"묘이가 널 원했거든."

윤은 입술을 앙다물고 창문 밖에 시선을 둔 채로 말했다.

"묘이가?"

윤은 혁이 묘이와 만나는 것을 달가워하지 않았다. 윤이 자신의 입으로 직접 말한 적은 없지만 혁은 그렇다고 짐작했다. 묘이와 자신의 사이를 윤이 방해하고 있다고.

"너도 알았잖아……. 그래서 날 그렇게…… 졸랐던 거잖아. 광개토대왕의 밤에…… 묘이를 만나려고."

"무슨 말을 하는지 통 모르겠군."

요즘 묘이가 자꾸 꿈에 나타난다는 말은 나오지 않았다. 단 한 번의 만남이 이토록 오래 마음에 남아있게 될 줄은 혁도 몰랐던 일이다. 한 번 일어난 일들은 무심하게 잊히기도 하지만 인생에 있어 단 한 번인 어떤 일들은 평생 간직하게 된다.

혁에게는 묘이가 그랬다. 단 한 번의 만남에도 묘이는 스쳐 지나지 않았고 사십여 년이 지난 지금에도 풋사랑이라 치부하기에는 너무 강렬하게 혁의 마음 어딘가에 콕 박혀 있었다.

그래도 흐려졌다고 여겼는데……. 꿈에 나타난 묘이는 그저 달덩이를 닮았을 뿐이었는데……. 윤의 전화 한 통화로 모든 산통이 깨졌다. 혁의 마음은 초등학생 그 시절로 돌아가 있었다.

"묘이한테…… 전하고 싶은 말 있어? 또 알아…… 내가 기분이 좋으면 묘이한테 네 말을 전해줄지."

혁의 웃음은 저도 모르게 배시시 새나왔다. 윤이 떠날 날을 받아둔 중병 암환자라는 것도 혁은 잠시 잊었다.

"이제 와서 무슨 할 말이 있겠어. 그냥 얼굴이나 한번 보면 좋겠다 싶은 거지."

"이렇게 될 줄 알았다면 그때…… 묘이와 너를…… 만나게 하는 게 아니었는데……."

"그건 또 무슨 소리야?"

"우리가…… 묘 뺏기 놀이를 하던 그때…… 묘이가 너랑 놀고 싶다고…… 날 졸랐거든……. 다들 너랑 놀고 싶어 했지……. 서울 촌놈이 뭐가 좋다고."

"사천 바닥에서 내 인기가 그렇게 좋았다니 새삼 놀랍군."

친구들과 밤낮으로 모여 놀던 사천에서의 그 여름방학만큼 행복했던 때를 혁은 알지 못했다. 매일이 신나고 즐거웠다. 낮엔 공터에 모여서 놀고 밤이 되면 할아버지 집에 모여 또 놀았다.

"그때 만난 친구들 얼굴…… 기억나?"

밤을 새가며 놀아주던 특별한 친구들이었다. 여름방학 이후로 그들을 다시 보진 못했지만 묘이를 떠올리자면 밤에 찾아온 옆 동네 아이들도 덩달아 떠올랐다. 혁은 그들의 이름을 열거했다.

"열이, 산이, 목이, 달이……."

아이들은 남녀 구분 없이 섞여서 놀았다. 동산의 묘를 밟고 놀아도 누구 하나 혼나지 않는다는 것을 알았지만 묘 뺏기는 혁의 마음에 썩 뜨는 그런 놀이는 아니었다. 동네 아이들이 묘 뺏기를 하자고 하면 혁은 땅따먹기를 하자고 제안했다.

"영토 확장은 손끝으로 해야지. 이렇게!"

혁은 엄지로 중지를 튕겨가며 말했다. 혁이 끼면 놀이는 맥이 빠졌지만 윤과 아이들은 순순히 응했다. 문제는 서로 다른 놀이가 몇 차례 돌고 나면 아이들과 함께 윤이 묘가 있는 동산으로 이동한다는 것이다.

그러자면 혁은 묘 뺏기 놀이에 직접 가담하지 않더라도 아이들을 따라갈 수밖에 없었다. 윤과 아이들이 묘에서 노는 동안 외따로 앉아서 동네 사람들이 다니는 것을 구경하거나 황금빛으로 익어가는 들판을 멍하니 바라봤다.

나름 괜찮은 멍 놀이지만 오래가지는 못했다. 동네 구경이 시들해지고 묘를 옮겨 다니는 아이들의 즐거운 표정을 보자면 끼고 싶은 마음이 간절했다.

"조상의 묘를 밟고 다니는데 누가 가만히 보기만 하겠어. 여기 있는 묘는 가짜야. 진짜 묘라면 얘들이 여기서 이렇게 놀게 놔둘 리 없지. 아무렴."

혼잣말을 해대는 혁은 입술을 지그시 물었다. 단단히 결심한 듯 윤을 향해 외쳤다.

"나도 할래! 다시 해!"

"시체가 벌떡 일어나서 네게 달려들 텐데?"

윤은 오싹하지 않냐는 듯 양팔로 자신을 감싸며 겁을 줬다. 혁은 잠깐 움찔했지만 이내 자신의 성이 될 묘를 정했다.

"후회하기 없기!"

윤의 말이 끝나자마자 아이들은 자신들의 성을 찾아 일사분란하게 움직였다. 모두가 참여한 묘 뺏기 놀이가 본격적으로 시작됐다. 저마다의 성을 차지하다보니 적이 사방에 깔렸다. 아이들은 깨금발로 적지를 향해 진격과 후퇴를 반복하며 몸싸움을 벌였다.

적들이 서로 싸우는 동안 깨금발로 나아가 적의 성 중심에 돌을 갖다 놓으면 쉽게 함락이다. 혁은 돌을 손에 쥐고 진격했지만 다른 아이들처럼 봉분 위로 선뜻 올라서지 못했다. 묘 언저리에서 머뭇대다가 싸움터에서 돌아온 성주에게 떠밀려 죽고 말았다.

첫 번째 판에서 완패한 혁은 두 번째 판에서 좀 더 적극적이 되었다. 성주의 눈치를 살피다가 성주가 싸우러 나가면 깨금발로 상대의 성을 향해 나아갔다. 적을 만나면 있는 힘껏 겨뤘고, 힘을 소진하고 나면 잔디밭을 뒹굴어야 했지만 널브러지는 재미가 또 쏠쏠했다.

다른 놀이에 비해 특별한 재능을 요구하는 것이 아니어서 잘만 하면 한 번쯤 이기는 것도 가능할 것 같았다. 하지만 한 발로 딛고 서서 싸우는 것에도 힘과 요령이 필요했고 놀이에 단련된 아이들 사이에서 혁이 승자가 되는 일은 쉽지 않았다. 그래도 좋았다.

두 발을 땅에 딛고 만 혁은 잔디 위에 큰 대 자로 널브러졌다.

"나 죽었어!"

"걸핏하면 쓰러지고 재미없어! 우린 지금 생사의 전투를 벌이는 거라고! 깍두기처럼 굴면 안 돼!"

윤은 내리뜬 눈으로 경고했다.

"나 지금 진짜 행복하다!"

"………?"

누워서 하늘을 올려다보는 혁의 얼굴엔 웃음이 한가득했다.

"윤아! 우리 다른 놀이 할까? 아주 재밌는 놀이가 지금 막 떠올랐거든. 볼래?"

새로운 놀이를 만드는 일은 자신이 주도했기에 윤은 당혹감을 살짝 내비쳤다. 그러거나 말거나 혁은 자신이 만든 놀이를 보여주겠다며 언덕 위로 올라가 아이들을 향해 돌아섰다.

"얘들아, 봐봐. 내가 간다!"

큰소리를 외친 혁은 언덕 위에 가로로 누웠다. 양손을 가슴에 모은 혁은 김밥을 말듯 언덕 아래로 몸을 굴렸다. 혁은 자전거 바퀴처럼 빙그르르 굴러서 윤과 아이들이 있는 곳까지 내려왔다. 잔디와 흙을 옷에 잔뜩 묻힌 혁은 일어설 생각도 없이 누운 채로 말했다.

"언덕 위에서 여기까지 제일 먼저 도착하는 사람이 이기는 거야. 어때? 승부를 걸지 않아도 좋아. 미끄럼틀을 타듯 이렇게 구르기만 해도 엄청 재밌어. 니들도 해봐, 한번!"

혁은 자신이 개발한 경쟁하지 않아도 되는 놀이에 매우 만족

했다. 비탈진 초록 카펫을 정신없이 굴러 내려와서 마주하게 되는 맑은 하늘이 더할 나위 없이 황홀했다.

그러나 윤은 정색했다.

"우리 동네에 온 손님이라 봐주려고 했는데 안 되겠다."

"왜에? 내가 만든 놀이가 마음에 안 들어?"

"너 혼자 김밥을 말든 멍석말이를 하든 맘대로 해. 우린 갈 거야."

"자, 잠깐만……. 제대로 하면 되잖아."

"진짜야?"

"응."

혁은 윤의 단호함에 백기를 들었고 묘 뺏기 놀이는 다시 이뤄졌다. 윤은 매번 같은 묘를 골랐고 다른 아이들은 기분에 따라 성을 선택했다. 아이들이 먼저 성을 정하고 나면 혁은 언덕 아래에 있는 성을 자신의 것으로 했다.

딱히 이기고 싶은 마음이 없기도 했지만 혁이 지는 이유도 거기에 있었다. 아무리 둔덕이라지만 깨금발로 언덕을 오르는 일은 힘에 부쳤다. 위쪽의 묘를 차지한 아이들은 상대적으로 공격이 쉬웠다.

윤은 동산의 중심에서 약간 비껴 있는 묘를 자신의 성으로 삼았다. 정 중앙은 아니지만 윤의 성은 다른 묘들이 위아래로 있어서 공격도 쉽지만 공격을 받기도 쉬운 위치에 있었다. 그럼에도 윤은 우직하게 매번 같은 묘를 자신의 것으로 삼았다.

"이번엔 혁 너부터 골라."

"그래도 돼?"

"마음 바뀌기 전에 빨리 고르기나 해."

"그럼 난 저거."

윤의 성은 고정되어 있었고 아이들은 당연하게 여겨서 다른 것을 택했다. 혁은 몸싸움을 벌이기 쉬운 암묵적으로 윤의 성으로 지정된 묘를 골랐다. 이기고 지는 것에는 별 관심 없지만 온몸으로 부딪혀 싸우는 일은 재미가 있었다. 지쳐서 쓰러지든 져서 자빠지든 싸우다 쓰러져서 올려다보는 높은 하늘이 이유 없이 좋았다.

"거긴 윤의 성인데……."

입술을 앙다물고 있는 윤을 대신해 다른 아이가 말했다. 그러자 또 다른 아이가 다른 것을 고르라며 혁을 종용했다. 아이들은 윤이 먼저 성을 정하지 않더라도 윤을 배려했다. 깍두기로 놀이에 낀 혁이 실수를 연발하고 놀이에 전혀 도움이 되지 않아도 싫은 소리는 하지 않던 아이들이다.

혁은 윤의 눈치를 보고는 언덕 위에 있는 성으로 다시 골랐다.

"이번엔 내가 이길 거야!"

"그게 네 맘대로 될까?"

"길고 짧은 건 대봐야 알지."

"각자의 성으로!"

윤의 외침에 혁과 아이들은 각자가 선택한 성으로 가 자리를 잡았다. 뺏고 뺏기는 영토 전쟁. 혁은 자신의 성에서 호시탐탐 이웃한 성을 노렸다. 내키지 않고 껄끄럽기만 했던 봉분 딛기는 함락했다는 쾌감에 묻혔다.

이 맛에 하는구나!

혁은 고지의 성을 선점한 덕에 유리한 전투를 이어갔다. 이웃한 성들을 점령했지만 방어에 집중한 윤의 성을 함락시키는 것은 어려웠다.

땀 흘려 놀다보니 어느새 땅거미가 지고 집집마다 굴뚝에선 연기가 모락모락 피어났다.

놀이를 끝내야 할 때가 되었다는 신호이기도 했다. 혁은 가장 많은 성을 획득했고 승자가 되고서야 묘 뺏기가 의외로 재미있다는 생각을 했다.

"내일 또 하자!"

"내일은 안 돼!"

윤은 대번에 거절했다.

"왜에? 집에 무슨 일이라도 있어? 내일은 우리 못 놀아?"

"우리가 아니라 네가 바빠서 못 놀걸?"

"내가 왜에? 그런 일은 없으니까 내일 또 하자. 응?"

"안 된다고!"

이번엔 윤과 아이들이 고개를 저으며 동시에 외쳤다.

내일이 되면 마음이 달라지겠지 싶은 혁은 "알았어. 다른 거 하고 놀면 되지. 내일 또 봐" 하고는 돌아섰다. 몇 발짝 걷는데 뒤에서 윤이 혁을 불러 세웠다. 다른 아이들은 이미 저만치 멀어져 있었다.

"오늘은 네가 광개토대왕이야."

"그게 뭔데?"

"묘 뺏기 놀이의 승자에게 주는 칭호? 뭐 암튼 오늘의 승자는 너야. 축하해!"

놀이에서 묘 몇 개를 차지했다고 광개토대왕이 되다니 혁은 피식 웃음이 나왔다. 땅따먹기 놀이에선 땅을 아무리 넓혀도 이긴 사람에게 광개토대왕이라고 불러주지 않았으면서 말이다. 어쨌든 왕이라니 기분은 좋았다.

놀이라는 게 원래 좀 극적이고 과장된 요소가 많기는 하다. 그래야 또 재미도 있으니까. 혁은 생각지도 못한 윤의 말에 한 발짝 더 앞섰다.

"내가 광개토대왕이 됐으면 다른 애들 다 있을 때 왕관이라도 씌워 줬어야지. 이게 뭐야? 왕이라고 폼도 한번 못 잡아보고!"

"아직 실망하긴 이르지. 광개토대왕이 되었으니 옆 동네 사절단 친구들이 널 찾아갈 거야. 새 친구들과 오늘밤 재밌게 보내."

"옆 동네 애들이 우리 집에 밤마실을 온다고? 진짜야?"

혁이 말하는 그 사이에 윤은 벌써 저만치 뛰어가고 있었다. 광개토대왕이 됐으니 옆 마을에서 축하 사절단을 보내온다는 생각을 어떻게 하지? 말장난 한번 기막히게 하는 윤이다. 또 모를 일이다. 윤은 농담에 재주가 없고 거짓말이나 농치는 말도 하지 않는다. 이웃 마을에 사는 친구들이 진짜로 놀러 올지도 모른다는 생각을 하자 혁은 괜스레 기분이 좋았다.

밤에는 밤에 어울리는 놀이가 또 있지 않은가 말이다. 말하자면 귀신놀이 같은 것. 어찌 되었든 혁은 외가로 돌아와 찬물에 등목을 하고는 저녁 밥상에 앉았다. 종일 뛰어다니며 놀았던 터라 특별한 반찬이 없어도 밥맛은 이미 꿀맛이다.

혁은 밥숟가락을 들다 말고 말했다.

"할아버지 이따가 옆 동네 친구들이 오면 같이 놀아도 돼요?"

"왜 그렇게 기분이 좋은가 했더니만…… 노는 거야 네 마음이지. 단 불은 피우지 말고 놀아라. 오줌 싼다."

"에이, 이불에 오줌은 안 싸요."

혁은 싱글벙글했다.

한여름 밤의 주된 손님은 모기와 풀벌레들이다. 혁의 외조부는 마른 풀들을 마당 한쪽에 모으고 모깃불을 피워뒀지만 혁이 불장난을 하는 것만은 막았다.

저녁을 물린 혁은 마루에 설치된 모기장 안에 누워 옆 동네 친구들을 기다렸다. 언제 오는지 시간이라도 말해줬으면 좋았으련만……. 오지 않는 친구들을 기다리는 혁은 '오늘은 네가 광개토대왕'이라던 윤의 말을 떠올리며 홀로 피식피식 웃음을 짓는다.

휘영청 밝은 달에 밤이 밝아오고, 종일 온몸으로 논 혁은 노곤함에 하품이 나왔다.

"왜 이렇게 안 와. 빨리 와야 더 많이 놀 수 있는데……. 빨리 좀 와라."

혁은 눈동자가 눈꺼풀 뒤로 까무룩 넘어가는 것을 여러 차례나 붙잡았다. 그러다 끝내 눈꺼풀이 장막처럼 눈을 덮었다. 그리고 혁은 잠결에 아이들의 소리를 들었다. "이 집인가 보네." "서울에서 왔다는 그 애가 있는 데가." "우리 왔어."

아이들의 말소리에 혁은 눈을 번쩍 떴다. 낯선 얼굴의 아이들이 자신을 물끄러미 내려다보고 있었다. 혁은 벌떡 일어나 앉아 말했다.

"진짜 왔네."

"당연히 와야지. 광개토대왕이 된 너의 밤인걸."

"으하하. 진짜였어! 으으아하하하!"

혁의 웃음소리는 컸다.

의사의 눈치를 살핀 혁은 원하는 대로 해주라는 신호를 받고서야 윤을 두 팔로 조심스럽게 안아들었다. 무게감이 느껴지지 않는 앙상하고 작은 육신이었다. 혁은 착잡한 심정을 억누르며 윤을 병상에서 휠체어로 옮겨 앉혔다.

"힘든 기색을 보이면 곧바로 병실로 오셔야 합니다."

다른 주의사항은 없었다. 혁은 의사가 보는 앞에서 윤에게 털모자를 씌우고 무릎담요를 가져다 덮어줬다. 링거 거치대와 한몸이 된 휠체어의 손잡이를 붙잡은 혁은 병실을 빠져나왔다. 휠체어가 덜커덩거리지 않도록 조심했다.

야외 정원은 병원 건물 옥상에 있어서 혁은 엘리베이터를 탔다. 문이 열리자 파릇파릇한 녹음이 눈에 들어왔다.

간만에 맡아보는 바깥공기에 윤은 지그시 감은 눈으로 숨을 뱃속까지 들이마셨다. 혁은 윤의 들숨과 날숨을 묵묵히 지켰다.

"좋네……. 햇살도…… 바람도……."

물고 싶었던 얘기들이 많았는데 말이다. 숨을 쉬는 일조차 버거워하는 윤을 보고 있자니 혁은 자신의 말을 할 수가 없다. 지금 윤이 느끼고 있을 것들을 방해하고 싶은 마음도 없었다. 혁은 꼼꼼한 손길로 윤의 담요를 챙긴다.

병색이 완연해서 금방이라도 햇살과 바람에 흩어질 것만 같은 윤이다.

"안 추워?"

"괜찮아."

"불편한 거 있으면 바로 말해."

"응. 근데 너 열이 기억나, 혹시?"

"달변가였지. 아는 것도 참 많고……."

병원에서 윤을 만나기 전까지는 까맣게 잊고 있었다. 윤과 있자니 과거는 새록새록 올라왔다. 기억나지 않던 것들까지 그 시절의 윤과 함께 줄줄이 고구마 줄기처럼 따라 나왔다.

열이는 혁이 묘 뺏기의 승자가 된 그날 밤에 집으로 찾아온 친구들 중 한 명이었다.

"열이가 말재간 하나는 끝내줬는데……. 지금 생각하면 고작 열두세 살인…… 우리랑 비슷한 나이였는데…… 꼭 독립운동가 같아서…… 열이는 나중에…… 대통령이 되겠구나. 나 혼자…… 그렇게 생각했는데……."

"무슨 소리야. 대통령은 산이가 되겠다고 했던 것 같은데."

"눈썹이 진한 그 산이? 안 어울려……. 배우라면 또 모를까……. 로맨틱한 대통령 역할을 맡으면 잘하겠네."

"열이는 대통령보다 학자 스타일이지."

"그럼…… 목이는?"

"목이? 음. 걔는 상황 판단도 빠르고 통찰력도 있어서 사기 같은 건 절대로 안 당할 타입이지. 달이는 존재감이 별로 없는 아이라서 잘 모르겠고."

광개토대왕의 밤에 찾아온 친구들을 혁은 차례로 한 명씩 떠올렸다. 아득하기만 했던 얼굴들이 신기하게도 수면 위로 드러나는 듯했다. 열이는 그들 중 가장 입이 무거웠지만 한번 말문이 열리면 박학다식해서 멈출 줄 모르고 떠들었다. 혁이 방학숙제를 위해 가져온 링컨 대통령 위인전도 뚝딱 읽어치웠다.

먹물이 습자지에 배어들 듯 혁은 그 밤에 찾아온 친구들과 자연스레 어울렸다. 처음 만난 사이임에도 마치 오래된 친구 같았다. 목이와 열이는 혁의 서울생활에 대해 많은 것들을 물어왔다. 서울 선생님은 어떤지, 친구들과는 뭘 하고 노는지, 여자친구는 있는지, 부모는 뭘 하는 분인지 등등. 혁은 그들의 질문이 고리타분하고 재미없었다.

그런 재미없는 얘기는 말고 그냥 놀자고. 혁은 친구들의 질문에 고개를 저었다. 승자의 밤에 찾아온 손님이 뭐 이래? 오늘은 나의 밤이고 나는 광개토대왕이라고! 나를 위해 뭔가 쌈빡하고 재밌는 걸 찾아줘야지.

혁의 말에 방죽으로 마름을 잡으러 가자고 나선 이는 목이였다. 방죽은 옆 동네로 넘어가는 길목에 있었고 7월 말의 마름은 속이 알찼다. 혁은 옆 동네 친구들과 마름 낚시에 나섰다. 밝은 달 아래서 낚은 마름을 까먹는 일은 왠지 으스스했지만 그래서 심장이 더 쫄깃하니 재미가 있었다.

마름낚시로 마름을 실컷 까먹은 후였다. 목이가 배도 채웠으니 동굴탐험을 하자고 나섰다. 혁은 동굴이란 말에 혹하면서도 망설였다.

산이가 어른들은 모르는 동굴이 가까운 곳에 있으니 그 앞까지만 가서 구경하고 돌아오면 된다고 설득했다.

그곳에 있던 친구들 모두가 혁의 입만 보고 있었기에 혁은 그들의 말에 따랐다. 달밤을 걸어 동굴이 있다는 곳에 도달했을 때에 산이가 동굴 입구를 손가락으로 가리켰다. 저기가 우리만 아는 동굴이야. 산이의 손끝을 따라가던 혁은 괴성을 지르고 말았다. 동굴 앞의 버드나무 가지가 바람에 흔들리는 것이 영락없는 귀신의 머리칼이다.

혁은 그만 기절하고 말았다. 어떻게 집에 왔는지 그 다음은 기억나지 않았다.

“가끔씩 궁금했어.”

“뭐가 그렇게 궁금했는데?”

윤은 창백한 얼굴에도 아련한 미소가 어려 있었다. 옛 친구들 얘기에 푹 빠진 혁은 윤이 죽음을 눈앞에 둔 중증 환자라는 사실을 수시로 잊었다.

“네가 여행가가 되었다는 건 매체를 통해서 알았지. 네가 해외를 다니며 글을 쓰고 사진도 찍는다는 것을 알았을 때 솔직히 반갑더라. 옛 친구를 이렇게 보게 되는구나. 그때 만난 열이나 목이, 산이 그 친구들도 어딘가에서 열심히 다들 한가락 하면서 그들의 삶을 살고 있겠지. 몇 년 더 있으면 우리도 곧 환갑이잖아. 짧다면 짧고 길다면 길게 산 인생이지. 난 그때의 그 친구들이 국회의원 선거에도 나오고 연기자가 되어 방송에도 나오고 대학에서 강의도 하고……. 근데 말이야, 그 친구들의 소식을 어디서도 통 들을 수가 없는 거지. 이상해.”

“다들 똑똑하고…… 꿈도 큰 친구들이었지……. 그래도 네가 제일 궁금한 사람…… 묘이잖아. 아냐? 솔직히 네가 그렇게 일찍…… 결혼할 줄은 몰랐어……. 꽤 오랫동안 네가 묘이를 마음에 품고 있었다는 거…… 나도 알고 있었거든.”

목이는 묘이와 남매인데도 닮은 구석이 전혀 없었다. 달덩이처럼 희고 투명한 피부를 가진 묘이. 다른 아이들에 비하면 목이 또한 말끔한 피부를 갖고 있었지만 누나 묘이만큼은 또 아니었다. 환자인 윤의 얼굴색과 얼핏 닮은 듯도 하지만 생기는 묘이가 훨씬 더 있었다.

다른 친구들의 얘기는 술술 나오는데 묘이에 관한 얘기를 하자면 혁은 입이 절로 다물어졌다. 자신과 윤이 교제하기를 묘이가 원했다니 뇌가 엉킨 듯했다.

시간이 흐르면 그때의 감정들이 다 사라질 줄 알았다.

전혀 아니었다. 윤의 전화를 받고 윤을 만나러 오는 동안에도 윤과 그 시절의 대화를 나누는 동안에도 혁의 심장은 터질 듯했다. 나이가 들어도 감정은 죽지 않는다. 무뎌지지도 않았다. 혁의 지난 생 어딘가에 자리를 차지하고 있는 묘이는 누군가 건드려만 주면 들불처럼 들고 일어섰다.

"그때 말이야. 그때…… 왜 그랬어?"

"그때 언제?"

"묘 뺏기 놀이할 때. 네 성만큼은 악착같이 지켜냈잖아. 난 네가 그곳에 보물이라도 숨겨놓은 줄 알았어. 그랬는데 그날은 뭔가 석연치 않더라고. 네 성을 내가 함락하도록 내버려뒀잖아. 놀이에 무성의하게 임할 거면 빠지라고 나한텐 막 뭐라고 했으면서…….”

“재미가 없었던 게지……. 기분이 안 좋았거나……. 혁아, 나 추워.”

“어, 그래? 병실로 갈까?”

얘기는 중단됐고 혁은 윤의 대답을 듣지 못했다. 환자를 채근할 수는 없는 일이라 혁은 벤치에서 일어나 윤의 휠체어를 몰았다. 병실로 돌아가는 동안 윤은 아무 말도 하지 않았다. 추운 곳에 너무 오래 있어서 기운이 빠진 모양이다.

엘리베이터에 둘만 있게 되자 윤이 말문을 다시 열었다.

“네 꿈은 뭐였어?”

자조적인 혁의 웃음이 새나왔다. 자신에게도 꿈이란 게 있었나 싶다. 코앞의 일만 해결하다 여기까지 온 인생이다. 우리 혁이는 나중에 판검사가 될 거야. 할아버지의 말을 몇 번 듣자니 세뇌가 된 것도 아닌데 누가 뭐가 되고 싶냐고 물으면 혁은 판검사요, 했다.

그들이 뭘 하는 사람들인지는 몰라도 꽤나 근사해서 남들이 부러워하는 사람들일 것이라고 여겼다. 판검사를 입에 담는 할아버지의 말투와 표정에서부터 대우받는 느낌이 강했으니까. 하지만 광개토대왕의 밤에 찾아온 친구들은 판검사가 될 것이라는 혁의 말에 깔깔거렸다.

당장에 혁을 판사로 만들어 준 것은 그들이었다. 그들은 혁의 꿈을 도구 삼아 놀기를 시도했고, 쑥스러운 혁은 괜찮다고 뒤로 뺐지만 그들에겐 통하지 않았다. 재판을 흉내 낸 놀이가 그 자리에서 이뤄졌다.

그동안의 혁은 현실을 좇아 살았다. 친구들에 떠밀려 판사가 꿈이라고 허세를 부리던 그때가 새삼스러웠다.

눈을 뜨면 오늘은 뭘 하고 놀까를 고민하고 어떻게 하면 더 재밌게 놀 수 있을지를 궁리하던 시절. 사천의 여름방학은 어쩌면 혁의 인생에서 하이라이트였는지도 모를 일이다.

길고도 짧은 인생에서의 정점!

혼신의 힘으로 놀고 땅거미가 질 무렵이면 집에 돌아와 허기진 배를 채우고 세상 피곤한 몸으로 달콤한 잠에 들었던. 그리고 혁은 흐뭇한 꿈들을 꿨다.

"하루를 꼬박 잠만 자더니 얘가 이상해졌어. 광개토대왕 놀이?"

"묘 뺏기보다 훨씬 멋있는 이름인데 왜에?"

"굴러온 돌이 박힌 돌 뺀다더니만 누구 맘대로!"

"그래, 누구 맘대로!"

동네 공터에서 혁이 놀이 이름을 두고 아이들과 입씨름을 하는 동안 윤이 나타났다. 뭣 때문에 그러냐는 눈초리로 혁과 아이들을 차례로 쳐다봤다.

"죽은 사람이 묻힌 묘보단 놀자면 성이 훨씬 듣기 좋잖아. 성을 많이 차지하는 사람이 광개토대왕이 되는 거잖아. 묘 뺏기보다 광개토대왕 놀이가 훨씬 멋지잖아."

윤은 설명하는 혁을 위아래로 훑어봤다.

"묘 뺏기든 광개토대왕이든 무슨 상관이야. 그래봐야 똑같은 게임이잖아."

깐깐한 윤이 어쩐 일로 순순하다. 혁은 기분이 좋으면서도 의아한 생각이 들었지만 그냥 넘어갔다. 광개토대왕 놀이를 하자고 할 때는 시큰둥하던 아이들이 윤의 말에는 또 흔쾌했기에.

혁은 이번에도 윤과 아이들의 양보로 우선권을 얻었다. 윤이 고집하는 묘를 고르려다가 다른 묘를 선택했다. 다른 아이들도 윤의 묘는 넘보지 않았다. 그들은 각자가 선택한 묘가 있는 곳으로 가 성주가 됐다.

적의 성을 점령해나갈 새로운 광개토대왕은 누가 될 것인가!

혁은 사뭇 비장한 각오로 이웃해 있는 성과 성주들을 관망했다. 맛보기로 반쯤 공격에 나섰다가 자신의 성을 향해 돌진해오는 또 다른 성주의 공격을 막기 위해 싸워보지도 못하고 돌아오기를 반복했다.

몸싸움 대신 만만치 않은 신경전이 벌어졌다. 이웃 성주는 비어있는 옆의 성을 가뿐하게 차지하고는 혁의 성을 호시탐탐 공격해 들어왔다. 뺏고 뺏기는 놀이는 누구도 일찍 죽지 않아서 장시간 이어졌다.

윤도 기회를 엿보다가 적의 성으로 공격해 들어갔고 그곳의 성주에 맞서 치열하게 싸웠다. 그리고 혁이 윤의 성을 공략할 무렵엔 힘이 많이 빠져있었다. 혁은 윤의 성을 싱겁게도 함락했다. 그때에 윤을 찾는 목소리가 동산까지 들려왔고 놀이는 끝났다.

성을 빼앗긴 윤은 뒤도 돌아보지 않고 자신의 집으로 뛰어갔다. 다른 아이들도 오늘은 다 놀았다는 듯이 각자의 집으로 돌아갔다.

묘 동산에 홀로 남은 혁은 자신이 차지한 윤의 성에 그대로 서 있었다. 고작 성 하나를 차지한 것으로 광개토대왕이 될 수는 없다.

"다 가버리면 날더러 어쩌란 거야?"

혁은 팔베개를 하고 묘 옆에 나란히 누웠다. 해가 지려면 좀 더 있어야 했지만 태양빛은 부드러워진 상태였고 혁은 지그시 눈을 감았다.

그사이 잠이라도 들었던 것일까. 혁은 누군가 자신의 다리를 발로 툭툭 건드리는 것을 느끼며 눈을 떴다. 날은 벌써 어둑해져 밤이 되어 있었다.

"그만 일어나."

윤인 줄 알았지만 아니었다. 그동안 못 보던 여자애 하나가 잔디에 누워있는 혁을 빤히 들여다보고 있었다. 투명하리만치 하얀 그의 얼굴에선 달빛이 흘렀다. 레이스가 달린 연분홍 블라우스에 무릎까지 오는 회색빛 멜빵치마 그리고 빨간 구두. 혁은 저도 모르게 심쿵했다. 꿈인지 현실인지 아리송한 얼굴로 혁은 말까지 더듬었다.

"누…… 누구야, 넌? 이 동네…… 살아?"

여자애는 반가운 표정으로 "드디어 만났네!"라며 환한 미소를 지었다.

"내가 누군지 알아?"

"당연히 알지. 서울에서 놀러온 염소 할아버지네 집 손자. 난 묘이야."

"너도 옆 동네에서 왔어?"

혁은 광개토대왕의 밤에 찾아온 옆 동네 아이들을 떠올렸다. 눈앞에 있는 여자애는 처음 보는 아이였지만 혁이 만난 옆 동네 아이들처럼 '이'자로 끝나는 이름을 갖고 있었다. 친인척 관계의 사람들이 마을을 이루고 사는 곳에선 이름들이 비슷한 경우가 많다는 것을 혁도 알기는 했다.

묘이는 대답하지 않았지만 혁은 묘이의 이름만으로 옆 동네에서 왔다고 짐작했다.

"넌 왜 여기 혼자 이러고 있는데?"

"같이 놀던 애들이 다 집에 갔거든. 어쩌다 보니 나만 혼자 남은 거야. 그나저나 우리 할아버지는 이렇게 깜깜해졌는데 날 찾지도 않네."

"내가 놀아줄까?"

묘이가 왕방울만 한 눈을 들이대고 말했기에 혁은 또 심쿵했다. 묘이는 혁이 일전에 만난 옆 동네 친구들과는 좀 다른 구석이 있었다. 하지만 혁은 첫눈에 반했다.

혁은 낮에 놀던 동산에서 밤늦게까지 묘이와 얘기를 나눴다. 일방적으로 듣기만 했다는 것이 더 정확할 테지만 말이다. 묘이는 혁이 가본 적도 없고 알지도 못하는 일본의 도쿄는 어떻고 미국의 하와이는 어떻고 하는 말들을 판타지 소설에나 나오는 이야기들처럼 이어갔다.

아빠가 외교관인가. 부잣집이라 해외를 자주 다니나. 혁으로서는 상상조차 어려운 외국의 풍경들을 세세하게 묘사해서 듣고만 있어도 황홀했다. 낯선 세계의 이야기들을 멈출 줄 모르고 이어가는 묘이의 목소리는 달짝지근해서 혁은 듣고만 있어도 감흥이 넘쳤다.

어쩜 저렇게 말을 청산유수처럼 잘할까.

묘이는 알 수 없는 꽃향기를 풍겼고 말을 할 때면 여문 봉숭아 씨방이 터지는 듯했다. 혁은 범접하기 힘든 묘이의 매력에 푹 빠져들었다. 묘이를 곁눈질하며 자신의 옷가지에 묻은 풀과 흙이 보일 때마다 묘이 몰래 털어냈다.

"외교관이 돼서 세계 각국을 다닐 거야. 넌?"

"엉?"

혁은 달빛 같은 묘이를 훔쳐보느라 말을 귓등으로 들었다.

"내 말을 안 듣고 있었던 거야?"

묘이는 화난 얼굴로 눈을 흘겼다. 그 모습조차 너무 귀여워서 나대는 혁의 심장 소리만 더 크게 들려왔다.

얼이 나간 표정으로 묘이를 쳐다보고 있는데 묘이의 얼굴이 점점 더 혁 가까이 다가왔다. 혁은 옴짝달싹도 못 하고 한순간에 제압당하고 말았다.

"내 말에 귀 좀 기울여줄래."

묘이의 입술이 혁의 입술에 닿은 것은 그다음이었다. 혁은 비석처럼 굳었고 머릿속이 하얗게 색칠해졌다. 그 와중에도 묘이의 촉촉한 입술의 감촉은 혁의 입술에 오래도록 달라붙어 있었다.

묘이와 함께 있던 그 밤이 어떻게 지나갔는지 혁은 알 수 없었다. 황홀한 설렘이 각인되어서 그 후로는 어떤 놀이를 해도 흥미가 일지 않았다. 윤과 아이들이 새로운 놀이를 들이댔지만 혁은 고개를 저었다.

"묘 뺏기 놀이는 가끔 해야지. 매일 할 순 없어."

"왜에?"

"께름칙해서 하기 싫다고 할 땐 언제고 이젠 우리만 보면 묘 뺏기를 하재?"

혁은 묘 뺏기 놀이를 해야 광개토대왕이 될 수 있고 또 그래야만 옆 동네 친구들이 집에 놀러올 수 있다고 여겼다. 그러나 윤은 완강하게 고개를 내저었다. 안 된다는 것인지, 하기 싫다는 것인지 아리송한 혁은 광개토대왕 놀이가 아니면 다른 놀이는 안 하겠다고 선을 그었다.

"묘 뺏기는 이제 안 한다고!"

윤이 목소리를 높였다. 그럼에도 혁은 묘이를 만나고 싶은 마음에 막무가내로 고집을 피웠다.

"우리보다 옆 동네 친구들이 더 좋다는 거야? 우리가 그렇게 너랑 놀아줬는데?"

혁은 정색해 말하는 윤이 살짝 무서워졌다.

"난 그게 아니고……. 그래, 알았어. 다른 놀이 하자."

묘이를 다시 만날 수 없다는 건 안타까운 일이지만 윤이 또 저토록 화를 내니 꼬리를 내릴 수밖에 없었다. 나중에 혼자서라도 묘이를 만나러 옆 동네를 가면 되지 않을까. 혁은 그렇게 마음을 추슬렀다.

그날 이후로 묘 뺏기 놀이는 금기가 됐다. 혁이 '묘'라는 말만 꺼내도 윤은 엄마 심부름을 가야 한다고 핑계를 댔다. 윤이 없어도 놀이는 얼마든지 할 수 있는 거 아닌가. 혁은 윤이 집에만 있는 날에 다른 아이들과 놀이를 했다. 놀이는 시큰둥했고 이겨도 옆 동네 아이들이 놀러오는 그런 일은 없었다.

윤과는 서먹한 관계가 이어졌다. 이래서는 같이 놀기도 어려웠다. 놀다가 싸우기도 하고 또 금방 화해도 했지만 윤과는 화해를 해도 화해한 것 같지 않았다.

혁의 고민은 깊어갔지만 그리 오래가진 또 않았다. 사천에서 보내는 혁의 여름방학이 끝나가고 있었기에.

"잠시만요!"

꼬마 하나가 혁과 윤이 타고 있는 엘리베이터 안으로 뛰어 들어왔다. 팔에 깁스를 하고도 꼬마는 웃는 상으로 있었다. 팔은 어쩌다 다쳤냐고 혁이 묻자, 꼬마는 배시시 웃으며 친구랑 장난치다가 그랬다며 대수롭지 않은 듯이 대답했다.

초등학교 2학년쯤 됐을까 싶은 꼬마는 깁스한 팔이 대견한 듯 쓰다듬었다.

"맛있는 것도 많이 해주고……, 아빠가 내 팔을 이렇게 만져줘요. 빨리 나으라고. 친구가 가방도 들어주고 숙제를 안 해가도 선생님한테 혼도 안 나요!"

꼬마는 엘리베이터가 멈추자 쏜살같이 말하고는 빠져나갔다. 그러다간 또 다칠지도 모른다고 혁이 주의를 줬지만 엘리베이터 문이 그들 사이를 가로막았다.

"친구 때문에 다치고도…… 원망은커녕 더 좋은…… 얼굴이네. 저런 때가…… 우리한테도 분명 있었을 텐데……."

윤은 닫힌 문에 대고 혼잣말을 하듯 중얼거렸다.

"참 이상하지. 오십 평생을 훌쩍 넘게 살았는데 말이야. 우리가 놀던 그 여름방학 때만큼 인생이 신나고 즐거웠던 적은 없었던 것 같아. 눈 뜨자마자 오늘은 뭘 하고 놀까 궁리하던 그때가 내 인생에서 가장 행복했던 날들이 아니었을까. 놀이의 일원으로 신나게 싸우고 끝나면 금방 또 화해하고…… 그땐 정말이지 친구와 재밌게 노는 일이 인생의 전부였는데."

그 시절을 떠올리자면 묘이를 빼놓을 수 없었지만 혁은 말을 아꼈다. 윤과 자신의 교제를 묘이가 원했다고 학교까지 찾아와 뜬금없는 고백을 하고 갔다는 사실을 알고는 더 그랬다. 윤과 묘이 사이에 혁이 모르는 비밀이 있는 듯했다.

진실로 궁금했다. 친구도 못 되는 껄끄러운 사이로 몇십 년을 살아왔는데 말이다. 윤은 혁의 연락처를 찾아내 줄곧 만나왔던 친구처럼 병원으로 와달라는 말을 남겼다.

윤의 병실이 있는 층에서 엘리베이터가 멈췄다. 혁은 그곳을 나오면서 조심스럽게 물었다.

"왜 나야? 마지막 대화가 될지도 모르는데……."

"………."

쉽게 나올 대답이 아니라는 것은 짐작했다. 윤이 몸의 통증을 호소한 것도 그 순간이었다. 으으윽! 윤은 야윈 어깨를 무릎에 바짝 갖다 붙였고 금방이라도 숨이 넘어갈 듯했다.

혁은 당황했다. 부랴부랴 병실로 향했다.

"의사 좀 불러주세요!"

윤은 죽음의 고통에 맞서 싸웠다. 병상에 무릎을 꿇고 어깨를 납작 엎드린 채로 머리를 조아렸다. 핏줄이 솟게 주먹을 움켜쥔 윤은 간절한 기도를 고통스런 신음으로 대신 올리는 듯했다.

의사가 윤의 상태를 점검하는 동안 혁은 뒤로 물러서 있었다. 의사의 진통제 처방으로 고통을 다스린 윤은 곧 안정을 되찾긴 했으나 미소를 건네는 일조차 힘들어 보였다.

"그때…… 묘이가 아니었어도…… 내가…… 널 찾아갔을까?"

약으로 고통을 잠재운 윤이 말했다.

"내가 사천에 있는 동안 하루도 거르지 않고 우리 매일 만난 친구잖아. 네 덕분에 내게는 하루하루가 새로운 날들이었어. 생각지도 못한 것들을 네가 만들어냈으니까."

"하루는 재밌고…… 또 하루는…… 속상하고…… 또 하루는 괴롭고…… 또 아팠는데, 나는."

창백한 윤의 얼굴로 몸의 고통과는 또 다른 아픔의 고통이 스쳐가는 듯했다. 그 시절의 윤이 어떤 고통을 겪고 있었는지 혁은 전혀 알고 있지 못했다.

동네 아이들 사이에서 윤은 영특했다. 놀이를 할 때에도 그랬고 새로운 놀이를 만들었다며 자분자분 설명을 할 때에도 윤은 늘 반짝반짝 빛이 났다. 지금의 윤은 치유될 수 없는 육체의 병 때문이 아니라 저 너머의 시간에 있는 마음으로 인해 더 고통스러워하고 있는 것이다. 그 일이 뭔지 모르는 혁은 그저 안타까운 표정으로 윤의 뒤통수만 바라본다.

숨을 쉬는 일조차 힘겨워하는 윤은 허깨비 같은 손으로 이제 그만 가보라고 혁을 밀어낸다. 꺼져가는 촛불처럼 맥아리가 없다.

"조금만 더 있다가 갈게. 나 신경 쓰지 말고 편하게 쉬어."

혁은 윤의 이불을 덮어주고 잠든 윤을 멍하니 바라봤다.

옆 환자의 간병인이 남편이냐고 그동안 왜 오지 않은 거냐고 하릴없이 물었다. 혁은 어쩌다 보니 그렇게 되었다고 둘러댔다. 간병인은 아직 젊은데 암이라니 참 안됐다고, 찾아오는 사람이 없어서 가족도 없는 사람이구나 싶던 차였다고 했다.

혁은 그 간병인이 돌보는 환자를 건너다보았다. 윤과 같은 환자지만 안정되어 보였다. 혁은 잠든 윤을 두고 차마 발걸음이 떨어지지 않는다.

"마음 써주시는 김에 이 사람 간간이 보살펴주시면 안 되겠습니까? 특별히 신경 쓰실 것은 없고, 그냥 이 사람 불편하겠다 싶으면 손발이 좀 되어주시면 고맙겠습니다."

혁은 십만 원짜리 수표 세 장을 꺼내 옆 환자의 간병인에게 건넸다. 그녀는 웬 횡재인가 싶어 반색한 얼굴로 불편한 일 없게 신경 쓸 테니 걱정 말라고 설레발을 친다. 가족도 간병인도 없이 병상에 누워있는 윤을 홀로 두자니 혁은 마음이 또 무거웠다.

"또 올게."

혁은 잠든 윤에게 말했다. 남편분이 있어서 오늘은 그나마 고통이 얌전했다는 간병인의 말을 뒤로 하고 병실을 나섰다.

병원에 왔을 때처럼 혁은 택시를 잡아탔다. 마지막 열차를 타기에 시간은 간당간당했다. 아내 숙의 잔소리를 들을 생각을 하니 혁은 벌써부터 따가운 귀가 느껴졌다.

도로가 막히지나 않기를 바라면서 혁은 택시 의자 등받이에 머리를 기댔다.

이제는 멀어진 날들이다. 놀이로 매일이 즐겁고 행복했던 날들. 생각하자면 엊그제 같은 날인데 그때의 혁은 온데간데없다. 똑 소리 나던 그 시절의 윤은 시든 꽃잎처럼 말라가고, 파노라마처럼 스쳐가는 지난날들에 혁은 눈시울이 뜨거웠다.

게슴츠레 눈을 떴을 때 혁은 거실 소파에 있었다. 양복 상의와 넥타이가 자신이 벗어둔 그대로 소파 테이블에 있었다. 마지막 열차를 탄지라 집에 도착했을 때는 자정을 훌쩍 넘긴 시간이었다. 혁은 무거운 마음에 맥주 캔 하나를 비우고 소파에 누워 그대로 잠들었다.

팔짱을 낀 아내 숙이 일어나는 혁을 노려보고 있었다.

"어째 애들과 잘 보낸 얼굴이 아니네."

"당신이 문제지. 무슨 병문안을 스물네 시간 하냐고."

"가서 보니까 오늘내일하더라고…… 가족도 없이 혼자 있는데 그냥 두고 올 수가 있어야지."

"휴대폰은 뒀다 언제 쓰려고? 사진 찍을 때? 뉴스 볼 때? 그것도 아님 국 끓일 때? 금방 온다는 사람이 약속을 못 지킬 것 같으면 전화 한 통화는 예의지. 내 멋대로 잡은 약속이라 당신과는 상관없다 이건가?"

"병원이라 무음으로 해놔서 못 들었어."

"무음? 헉!"

아내는 기가 막힌다는 얼굴로 혁을 쏘아본다.

하나뿐인 아들 준기는 지난해 결혼해 분가했다. 아들의 이른 결혼에 허전해하는 숙을 혁은 위로해주지 못했다. 남편보다 아들과 더 친밀해서 숙은 주말마다 결혼한 아들을 집으로 불러들였다.

혁은 아내가 아들로부터 정신적으로 독립하기를 기대했다. 아들은 며느리에게 맡기고 이제 당신만의 자유를 좀 누려보라고. 하지만 숙은 자유 좋아하시네, 였다. 수발은 남편한테나 해당되는 것이고 아들한테 하는 것들은 애정이라고 했다.

어쨌든 아들 준기는 며느리 차지가 되었고, 준기가 쓰던 방은 숙의 차지가 되었다. 부부싸움을 하더라도 각방 쓰는 일만은 하지 말자고 신혼 초에 약속했지만 아들이 결혼한 뒤로 아내는 분가한 아들의 방에서 잠을 자는 일이 빈번했다.

혁이 밖에서 저녁을 먹고 밤늦게 퇴근하는 일이 잦다는 것도 한몫했다. 신혼 초의 약속은 희미해지고, 그들은 자연스레 각방을 쓰는 부부가 됐다. 둘만 남았으니 이제야말로 서로에게 집중할 수 있지 않겠냐고. 오래된 와인처럼 풍미 깊은 친구가 될 수 있지 않겠냐고. 부질없는 말들이었다. 숙은 독립한 아들에게 더 함몰되어 갔다. 쉬는 날이면 아들 내외를 집으로 불러들였고 손주가 태어나고서는 돌봐준다는 이유로 더 자주 왕래했다.

"당신과 준기 사이에 나는 있으나마나 아닌가? 나 없이 좋은 시간 보냈을 거면서 왜 그래?"

"진짜, 혼자는 살아도 당신과는 더 못살겠다."

숙은 혁이 둘러친 말에 좌절감을 느꼈다.

"이혼이라도 하겠단 거야?"

"……."

숙은 아무 말도 하지 않고 팽하니 아들의 방으로 들어가 버렸다.

부부관계 또한 사회생활이나 다름없는 인간의 관계다. 좋을 때는 브레이크도 없이 과속으로 질주하지만 나쁘기 시작하면 사소한 것도 암석처럼 크게 작용했다. 부부니까, 가족이니까 서로 신뢰하고 힘이 되어줘야 한다고. 그처럼 간단한 것들이 일상에 접착되지 않고 분리되었다.

말하지 않아도 알겠거니 오해했다. 견디는 데에도 대화가 있어야 하고 이해를 구해야 했다. 아들이 분가하면 혁은 아내와 유년의 친구처럼 지낼 수 있을 것이라 여겼다.

유년의 친구. 앙금이 있더라도 마주한 순간 그 시절로 돌아가 무장해제가 되고 마는 사이다. 경계심도 경쟁심도 없는. 오롯이 나를 드러내고 또 그 오롯한 나를 있는 그대로 봐주는 유년의 친구들 말이다. 아내는 유년의 친구들보다 더 많은 희로애락을 함께한 서로의 나신을 유치하게 독점해온 사이가 아니던가 말이다.

그러나 현실을 깨닫는 일은 씁쓸했다. 아들의 결혼식을 마친 그날 저녁. 아내는 너무 일찍 끝나버린 소풍의 아쉬움처럼 아들이 쓰던 방에 들어가 나오지 않았다. 각방을 쓰는 그런 날이 서로에 대한 체념과 함께 일 년여 동안 지속되어 왔다.

"여보? 그만 화 풀고 나와. 내가 당신 좋아하는 갈치조림 했거든."

혁의 달램에도 숙은 방문을 걸어 잠근 채 나오지 않았다. 끝내는 뭘 잘못했는지조차 명확히 알지 못하면서도 혁은 사과의 말을 했다. 뭘 잘못했냐고 반문한다면 혁은 즉각적인 대답을 하기가 난감할 테지만 어쨌든.

"내가 잘못했어. 응?"

"…… 하나만 물을게."

문을 사이에 둔 숙의 말은 불길했다.

"뭐든지. 하나 아니라 열 개, 백 개라도 다 대답할게."

혁은 과장된 억양으로 말했다.

"병원에 있다는 그 친구, 오늘내일한다는 그 친구 혹시 묘이야?"

"엉?"

예상치 못한 물음에 혁은 당황했다. 아내 앞에서 한 번도 꺼내본 적 없는 이름이고 꺼낼 필요도 없던 이름이다. 그런데도 숙이 묘이의 이름을 들먹인다. 어떻게 알지?

혁은 자신의 머릿속을 헤집었다. 숙이 묘이를 알고 있다면 분명 혁 자신의 입을 통해서일 것이다. 숙 앞에서 묘이에 관한 말을 꺼낸 적이 있었나? 아무리 생각해도 떠오르지 않았다.

혁은 살면서 묘이를 딱 한 번 만났다. 가슴과 머리도 그랬냐고 묻는다면 그건 아니다. 묘이는 수시로 혁의 뇌리에 스쳐갔고 가슴을 파고들었다. 묘이는 꿈에도 나타났다. 아무리 불러도 대답하지 않는 묘이에 혁은 번번이 헛손질을 하다가 깨어났다.

앗! 혁은 며칠 전의 잠꼬대를 떠올렸다. 절절하고 안타깝게도 묘이의 이름을 불렀다. 그 찰나에 숙이 안방을 다녀갔을지도 모를 일이다. 목소리 큰 혁의 잠꼬대가 방문 밖으로 나갔을지도.

또 모를 일이다.

숙이 어떻게 묘이를 알았든 혁은 풀 죽은 음성으로 아니라고 했지만, 아내는 믿지 않는 듯했다.

"애틋한 옛 친구 하나 없는 사람이 어디 있겠어. 괜찮아. 당신이 나를 묘이 대신으로 여겼대도……."

잠시 말이 끊겼다. 숙은 지금 괜찮지 않다. 말소리가 들리지 않는 동안 혁은 불안하고 초조했다. 설움을 삼키는 나직한 소리가 들리더니 숙이 다시 말을 이어갔다.

"묘이라는 그 친구. 나 좀 만나게 해줘. 그럴 수 있어? 당신이란 공통분모가 있으니 당신 흉도 보고 욕도 할 거야. 당신보다 나와 더 가까운 친구가 될지도 모르겠네."

혁은 뒤통수를 호되게 얻어맞은 것처럼 얼떨떨했다. 아내에겐 미안한 일이지만 혁은 아내와 자면서 종종 묘이를 떠올렸다. 달빛처럼 환하게 두둥실 마음에 차오르던 묘이를. 시간이 가면 흐려질 줄 알았다. 묘이도 혁의 마음도. 결혼을 하고 아들 준기를 얻을 때만 해도 그럴 수 있다고 여겼다.

묘이는 혁의 뇌리에 붙어살았다. 몇십 년을 한 이불을 덮고 살았으니 숙도 알아챌 만했다. 짐작하면서도 숙은 두려워 묘이에 관해 묻지 못했을 것이다. 홀로 가슴앓이를 해왔을지 모를 일이다.

혁은 숙을 구슬려 늦은 아침 식탁에 앉혔다. 숙이 꾸역꾸역 밥을 먹는 동안 혁은 다문 입술로 아내를 건너다본다. 혁은 간만에 아내의 이름을 부른다. 숙이 생뚱맞다는 눈길로 혁을 힐끔거렸다.

"이봐, 숙! 우리 아침 먹고 놀자!"

숙은 뭔가를 함께 하면서 남편과 놀아본 기억이 없다. 콧방귀는 절로 나왔다.

"당신이랑 내가?"

어이없는 반응은 예상했다. 그래도 혁은 일단 디밀어본다. 장모님과 숙이 곧잘 즐기던 화투도 좋고, 아이들 사이에서 유행하는 방 탈출 놀이도 좋고, 아들이 즐기던 온라인 게임이나 VR게임도 좋다고.

인생의 하이라이트가 유년에만 있다는 것은 서글픈 일이다. 인간은 놀이를 통해 존재감을 느끼고 지루한 것을 참아내지 못해 창의적인 새로운 활동을 이어간다. 호모 루덴스(Homo Ludens)처럼 놀이하는 인간이야말로 삶의 최고 지향점이 되는 그런 날이 곧 오지 않을까. 아니 그래야만 한다.

혁은 그 옛날의 윤이 지루해진 놀이를 변형하고 새로운 것들을 만들어냈던 것처럼 인간의 무궁한 창의성의 진원지는 놀이라는 것을 확신했다.

"둘이서 무슨 화투? 화투도 셋은 있어야 치지. 아니지 광 팔 사람까지 적어도 넷은 있어야지."

"우리 둘이서도 할 수 있는 놀이가 있겠지."

"있겠지. 당장 리모컨만 손에 쥐어도 지천으로 널렸지. 너무 많아서 어떤 것을 할까 둘러보다가 하루가 다 갈만큼 있지. 하지만 당신과 내가 같이 할 수 있는 놀이는 없을 거야."

숙은 상당히 염세적이다.

혼자서든 둘이서든 상관없이 할 수 있는 놀이는 넘쳐난다. 넷플리스를 보거나 없는 것 빼고는 다 있는 유튜브를 뒤지다 보면 시간은 훌쩍 간다. 소극적인 놀이라는 게 함정이다. 사람이 주가 되어 노는 게 아니라 놀이가 사람을 상대해주는 듯한 기분이 드는 것은 어쩔 수가 없다.

어찌 되었든 혁은 오늘만큼은 절정의 날들이던 그 시절을 소환하겠다는 생각을 조금은 해본다. 놀이가 인간을 상대해서는 자본주의적인 성향에서 벗어나기 어렵고 인간이 놀이의 주체가 되기도 힘들다.

"하겠다고 작정하면 왜 없겠어. 놀이가 사방에 널렸는데……."

심각했던 말과 분위기가 공중에 분해되고 마음이 좀 풀렸는지 숙이 피식 웃었다.

놀이의 장점은 그 일로 싸웠더라도 다음날이면 어제의 일은 말끔히 지우고 새로운 경쟁을 만들어낸다는 것이다.

윤이 사망했다는 연락은 혁이 수표를 건넨 간병인한테서 왔다. 무슨 일이 있으면 연락을 달라고 휴대폰 번호를 남겼지만 이렇게 빨리 올 줄은 몰랐다. 또 오겠다는 약속을 지킬 말미도 주지 않은 채 윤이 떠났다.

혁은 옷장 안에서 검은 넥타이를 꺼냈다. 며칠 전 병문안을 가면서 맨 분홍빛이 감도는 넥타이가 눈에 밟히자 혁은 급히 옷장 문을 닫고 돌아섰다.

“당신도 같이 갈래?”

숙은 뚱한 눈으로 혁의 옷차림을 쳐다보는가 싶더니 혁에 맞춰 옷을 갈아입고 따라나섰다.

혁은 열차를 타고 대전역 광장에서 병원으로 가는 택시를 잡아탔다. 윤의 병문안을 왔던 그날의 수순을 그대로 밟는 동안 숙은 아무 말이 없었다. 그들이 병원에 도착했을 때, 윤이 있던 병상은 언제 그곳에 환자가 누워있었냐는 듯 말끔히 정돈되어 있었다.

윤의 남편이라고 멋대로 짐작한 옆 간병인은 숙과 함께 나타난 혁을 보고는 적잖이 당황하는 눈치를 보였다.

"아…… 재혼하셨구나."

이번에도 간병인은 엉터리 짐작을 하면서 노란 비닐의 서류봉투를 혁에게 내밀었다.

"떠나기 몇 시간 전에 윤이 전해달라고 부탁했어요. 휴대폰이랑 서류 같긴 한데……."

혁은 봉투 안의 휴대폰을 꺼냈다. 전원버튼을 만지자 말총머리를 한 어릴 적 윤의 모습이 배경화면으로 떴다. 잠금장치는 되어있지 않아서 혁이 만지는 대로 순순히 넘어갔다. 혁은 윤의 작품사진이 보관되어 있을 갤러리를 찾아 열었다. 살아서 남긴 윤의 마지막 셀카도 나왔다. 환자복 차림에도 리본 장식이 달린 모자로 멋을 부린 윤은 떠날 시간을 미리 알았던가 보다.

윤은 봉투 안에 있는 서류 내용도 확인했다. 윤은 자신이 떠난 뒷마무리를 부탁한다는 글을 혁에게 남겼다. 그 이유는 알 수 없지만 윤은 병원비와 장례를 치를 현금도 같이 남겼다. 장례를 치러줄 가족도 친척도 없다는 사실에 혁은 형언할 말을 찾지 못했다. 씁쓸하고 아프고 허탈했다.

특별히 올 사람도 없으니 형식적인 절차만 밟아달라는 부탁은 눈물겨웠다. 혁은 윤의 친구로 상주를 자처했다. 윤의 죽음에 하얀 국화 한 송이 놓아주고 싶은 사람이 있을지 또 모를 일이다. 윤은 멋을 부린 모자를 쓴 사진을 영정으로 남겼겠으나 하얀 국화로 둘러싸인 그곳에 혁은 말총머리 소녀의 사진을 놓았다. 무엇을 꿈꾸든 다 이룰 것 같던 총명하고 영특한 그 시절 놀이의 여왕 윤의 모습이었다.

"당신이 만나게 해달라던 묘이는 나도 못 만나. 어디서 어떻게 사는지 아는 게 없거든. 윤이 그나마 묘이와는 절친한 사이였으니까. 아무것도 묻지 않고 같이 와줘서 고마워."

혁은 적막한 빈소 앞에서 아내 숙과 이야기를 나눴다. 사진 안의 말총머리 윤을 그들 앞으로 소환하는 이야기들을. 이해를 바란 것은 아니지만 숙은 혁의 말이 길어질수록 표정이 굳어갔다.

"진짜 나쁜 사람이야, 당신은. 어떻게 한 번밖에 안 만난 묘이보다 내가 더 못해?"

"그런 게 아니라고. 내 말 좀 들어봐."

중년의 남자 셋은 혁이 숙과 한창 입씨름을 하던 때에 나타났다. 그들은 말총머리 소녀 앞에 국화 한 송이와 두 번의 절을 하고는 혁의 내외와 마주했다.

"윤과는 관계가 어떻게 되는지 여쭤도 되겠습니까?"

"그건 우리가 묻고 싶은 말인데요."

혁의 물음에 조문을 온 남자들은 되레 반문했다. 그러는 당신은 누구냐고. 혁이 선뜻 대답할 말을 찾지 못해 머뭇거리자 숙이 나섰다.

"어릴 적 친구예요. 윤이 우리에게 본인의 장례를 부탁했어요."

남자들은 혁을 빤히 보면서 고개를 갸웃갸웃했다. 어릴 적 친구라면 알만도 한데 통 본 적 없는 얼굴에 남자는 다시 묻는다.

"어릴 적 친구면 고향이 사천 쪽?"

"그건 아니고요."

뭐라고 말해야 좋을지 몰라 혁은 머뭇거렸다. 초등학교 5학년 여름방학을 사천에서 보낸 것이 인연의 전부였다. 유년의 한 조각 기억에 있는 친구. 혁은 윤과 맺게 된 인연의 고리를 털어놓았다. 사천에 염소 할아버지라 불리는 외조부가 살았고 여름방학에 놀러갔다가 윤을 알게 되었다는.

그들은 염소 할아버지네 손자 혁을 대번에 떠올렸다. 나란히 조문을 온 그들은 방학 동안 혁이 함께 어울려 놀던 친구들이었다.

"묘 뺏기 놀이에 질겁하던 그 혁?"

"아니지. 묘 뺏기 하자고 졸라대던 그 혁이지."

"내가 언제?"

"맞는 것 같은데……."

추억은 그들의 시간을 거슬러 오르게 했다. 어느새 중년이 된 그들의 기억퍼즐이 대화로 맞춰지고 서울 촌놈 혁을 떠올린 그들은 말을 대번에 놓았다. 함께 놀던 그때로 시공간을 점프한 그들의 이야기는 보다 구체적이 되었고 또 팽창되었다.

"내가 보낸 부고 문자 받고 온 거지, 다들?"

혁은 그들 앞에 국밥을 놔주며 물었다.

"응? 우린 인터넷 기사에 올라온 여행가 윤의 부고를 보고 왔는데……. 혁, 네가 낸 거 아니었어?"

혁은 어리둥절했다. 윤의 휴대폰에 저장된 번호는 오십 개 남짓이었다. 활동과 살아온 지난날에 견주어 턱없이 적은 숫자였다. 의례적이나마 혁은 그들 모두에게 윤의 부고장을 문자로 전달했다. 그중에는 윤이 기고활동을 하던 매체의 편집자도 있었다. 그는 빈소가 대전에 있다는 말에 계좌를 보내달라고 했다. 혁은 마음으로나마 윤의 명복을 빌어달라는 문자를 계좌 대신 보냈다. 모르긴 몰라도 그가 조의금 대신 윤의 부고를 낸 것이리라.

"윤이 그 동네를 떠난 뒤로 통 연락을 못 하고 지냈는걸. 동네 어르신들 말로는 무병이 들어서 신내림을 받네 마네 했던 것 같아. 우린 다 윤이 무당이 됐을 줄 알았거든. 근데 언젠가 주말판 신문 전면에 윤의 글과 사진이 함께 실렸더라고. 인생 참 묘하

대. 암튼 그때 연락해서 몇 번 만났지."

그들의 말에 혁은 묘이에 관한 소식을 물을까 말까 망설이다가 겨우 말을 꺼냈다.

"니들 혹시 묘이가 어디 사는지 알아?"

같이 온 그들은 동시에 윤의 빈소 주변을 두리번거렸다.

"묘이라면 벌써 와 있겠지. 그러는 넌 묘이를 어떻게 알아?"

"그거야 만난 적이 있으니까."

"묘이를? 진짜? 우리도 말만 들었지 본 적이 없는데?"

그들은 이해되지 않는 눈초리로 혁을 뚫어져라 쳐다본다. 뭘 잘못 말했나 싶은 혁은 상체를 주춤 뒤로 물렸다. 그러고는 말했다.

"광개토대왕의 밤에 만났거든. 묘 뺏기를 해서 이긴 사람한테는 옆 동네 친구들이 축하해주기 위해 놀러온다던데…… 니들도 한 번씩은 이겼잖아. 옆 동네 친구들이 놀러 온 적 없었어?"

그들은 무슨 소리를 하냐는 듯 눈동자를 굴렸고 그중 하나가 자신의 무릎을 탁, 쳤다.

"이제야 알겠네. 거기에 묻힌 아이들을 너도 봤다는 거잖아? 그렇지?"

"뭐어…… 묻힌…… 아이들?"

혁은 엉덩이를 바닥에 대고 앉아있는데도 상체가 휘청했다.

혁이 차지했던 묘에 묻힌 아이들이 그날 밤에 혁을 찾아왔다는 것은 믿을 수 없는 일이었다.

신내림이니 무당이니 하는 그들의 말들이 혁의 귓가를 스쳐 갔다. 혁은 오싹해서 몸이 절로 움츠러든다.

"거기 묘 동산이……. 그러니까 한 오십 년 전쯤 될걸? 그 당시 외지에서 단체로 놀러온 아이들이 있었는데 그 중의 몇몇이 방죽 인근에 동굴이 있다는 소문을 듣고는 동굴 탐험에 나섰대. 장마가 막 끝날 무렵이었다는 것 같지, 아마. 암튼, 그 아이들이 동굴에 들어간 그 사이에 동굴이 무너져서 그대로 갇히고 만 거지. 그런 줄도 모르고 사라진 아이들을 찾느라 경찰, 군인들까지 죄 나서서 그 일대를 샅샅이 뒤졌거든. 수색견까지 동원해서 아이들을 찾았을 땐 이미 다 숨이 끊긴 상황이었다는 거지."

혀끝을 쯧쯧 차는 그는 소주를 한입에 털어 넣었다. 씁쓸함을 술로 씻어 내듯이. 함께 온 윤의 옛 친구들은 장례 음식상에 둘러앉아 돌아가며 자신들이 알고 있는 이야기들을 두서없이 꺼내기 시작했다. 혁은 자신이 죽은 아이들과 밤새워 놀았다는 사실에 충격을 받아 멍한 얼굴로 귀만 열어두고 있었다.

"나도 그 얘기 좀 알아. 그때 변고를 당한 아이들 중의 한 부모가 우리 동네에 왔다가 그 땅을 마음에 들어 했고 묘 부지로 샀다고……. 그때 아이를 잃은 부모들이 모두 그곳에 아이의 묘를 만들었대. 죽은 후에도 함께 있으면 외롭지 않을 거라나 뭐라나. 우리 아버지 말씀에 의하면 동네 아이들이 묘 동산에 와서 놀게 해달라고 그 부모들이 당부를 했다는 거야. 그래서 비석도 없는 거라던데……. 비석이 세워져 있으면 애들이 놀기 찜찜하잖아. 우리도 그랬을 테고……. 더 놀라운 얘기 해줄까?"

"뭔데? 더 놀라운 얘기라는 게?"

혁은 물론 그곳에 있는 모두의 눈과 귀가 말하는 남자 앞으로 일제히 모여들었다. 그리고 그의 입에서 나온 말에 혁은 또 등골이 서늘했다.

"윤이 묘 뺏기 놀이를 만들었다는 얘기가 있거든. 모르긴 몰라도 신기가 있으니까 거기에 묻힌 아이들이 윤을 끌어들인 게 아닐까. 동네 어르신들이 돌아가며 거길 관리하긴 했지만 아이들이 거기서 놀진 않았잖아. 내 기억으론 윤이 어느 날 뜬금없이 새로운 놀이를 개발했다면서 동네 꼬마들을 그곳으로 데려가면서 시작됐지, 아마."

윤은 묘 뺏기 놀이에 아이들을 끌어들였다. 외지에서 온 친구들이 나타나면 윤은 더욱 적극적이 되었다. 묘지에서 노는 일을 아이들은 꺼렸지만 윤은 그 친구들이 놀이에 참여할 때까지 놀이를 이어갔다. 그러자면 보기만 하던 아이들은 어느 순간 놀이의 일원이 되어 묘를 오갔다고 했다.

혁은 윤의 말에 의심을 품지 않았다. 광개토대왕의 밤 역시 묘 뺏기 놀이의 연장선상에 있는 것이라고 여겼다. 같이 놀이를 했음에도 옆 동네 아이들 실상은 무덤에 묻힌 아이들이었지만 그들을 만난 것은 그들 중에 혁이 유일했다.

윤은 묘에 묻힌 아이들을 알고 있었고, 그들이 원하면 새로운 친구들과 다리를 놓아주는 역할을 했던 것이다. 그러니까 그날. 윤이 순순히 성을 내줬던 것도 어쩌면 묘이가 혁을 원해서였는지도 모를 일이었다.

"밤에 옆 동네 친구들이 놀러올 거라고 윤이 말해준 적 있어?"

혁은 혹시나 싶어 물었다.

"옆 동네 친구들은 학교에서나 만났지."

그들은 서로를 향해 그런 적이 있었냐는 눈빛으로 묻고 또 없다는 것을 확인해줬다. 낮에 빼앗은 묘에 묻힌 친구가 그날 밤에 찾아온다는 것을 그들은 알지 못했다.

혁은 그야말로 귀신에 홀린 기분이었다. 그토록 생생하고 설레는 밤을, 지금껏 잊지 못할 밤을 만들어줬던 그들이 묘의 주인들이었다니 말이다. 게다가 죽은 묘이를 사십여 년 동안 마음에 품고 살았다니 말이다. 혁은 어처구니가 없으면서도 모골이 송연했다.

남자들이 돌아간 늦은 밤. 혁은 아내 숙을 배웅하고 윤의 초상과 마주했다. 말총머리 소녀 윤을 안다고 생각했는데, 윤의 글을 읽으며 그의 삶을 더 많이 들여다봤다고 여겼는데 지금 눈앞에 있는 윤은 전혀 알 수 없는 사람이 되어 있었다. 수십 년의 시간을 단박에 뛰어넘게 만드는 친구로 대화를 나눴던 게 불과 며칠 전이었는데 말이다.

윤의 빈소로 이슥한 밤이 찾아들었다. 광개토대왕의 밤에 만난 친구들이 하나둘씩 그곳에 나타났다. 말총머리 윤과 어깨를 나란히 한 묘이가 혁을 보며 미소 지었다. 꿈에서 봤던 달덩이 같은 하얀 얼굴로.

“종일 잠만 자고 나오더니 애가 좀 이상해졌어.”

누군가 그 말을 했을 때에 혁은 눈치를 챘어야 했다. 묘에 있는 친구들과 꿈에서 만나 밤새 놀았다는 것을. 묘 뺏기 놀이를 자주 하면 피곤해진다던 윤의 말뜻도.

혁은 휴대폰 속에 저장된 윤의 사진을 하나씩 넘겼다. 해외라고는 가까운 동남아 그것도 패키지여행을 다녀온 것이 전부인 혁과 달리 윤은 안 가본 곳이 없는 듯했다.

이 귀한 사진들을 왜 내게?

세계의 낯선 곳을 누비며 살겠다던 묘이의 소원이 그 순간 혁의 뇌리를 스쳐갔다. 묘이를 대신해 윤이 여행하는 삶을 살았던 것은 아닐까. 그들 사이에 혁이 끼어들 자리는 처음부터 없었을지 모를 일이다.

혁은 아름다운 풍광의 사진을 보며 유년의 퍼즐들을 다시금 짜 맞췄다. 그리고 윤이 남긴 음성파일 하나를 발견했다. 사망하기 몇 시간 전에 만들어진 파일. 클릭하자 환자 윤의 목소리가 흘러나왔다.

하고 싶은 얘기가 참 많을 줄 알았는데, 막상 눈앞에 있으니 잘 떨어지지 않는 입인 거야. 내 전화에 조금은 황당했을 텐데 한걸음에 달려와 줘서 고마웠어.

서울 촌놈과 노는 게 참 재밌었는데……. 그곳에 있던 아이들이 서울 촌놈이 왔다고 좋아했지. 너와 놀고 싶어서 나를 들들 볶았고……. 이제야 털어놓는 비밀이지만 묘이가 널 참 많이 좋아했어. 내게는 아닌 척 내숭을 떨었지만 숨겨지지 않는 마음인 거지.

네가 나타나기 전까지만 해도 묘이와 난 둘도 없는 친구였어. 좀 더 솔직하게 말하면 묘이가 너와 놀게 해달라고 했을 때 내 기분은 별로였어. 질투가 났지만 묘이의 부탁을 거절도 못 하는 거지. 널 만나고 싶다는 묘이의 부탁을 끝까지 들어주지 않았으면 좋았을걸. 광개토대왕의 밤을 만들어주지 말걸. 묘이가 웃는 얼굴로 사정하면 내 마음은 왜 그렇게 약해지기만 하는지.

네가 서울로 돌아가고 난 후에도 묘이는 널 찾았어. 나를 이용해서라도 너와 있길 원했지. 가능하다면 우리가 결혼하길 바랐어, 묘이는……. 네가 있는 학교를 찾아간 것도 그런 이유에서였지만 말도 못 꺼내보고 보기 좋게 차인 거야.

묘이에겐 안됐지만 다행이다 싶었어. 그 후로 난 묘이가 좋아하는 낯선 곳을 찾아다녔지. 그야말로 쉼 없이……. 내 목소리를 네가 듣는 지금쯤이면 난 묘이와 함께 새로운 여행을 하고 있을 거야. 그곳이 천국이든 지옥이든 묘이와 함께라면 난 좋아.

혁은 알 수 없는 마음에 사무친다.

지난날들이 한순간에 자신의 마음 안에서 텅텅 비어가는 듯했다.

숙과 함께였다면 오는 길이 덜 심심했을지 모른다. 문화센터 친구들과 브런치 약속이 있다는 숙은 괜히 미안한 얼굴을 했다. 부부가 아닌 친구로 재밌게 시간을 보내자고 했지만 그것이 또 쉽지 않았다.

아들 준기한테서 정신적인 독립을 한 숙은 새로운 것들을 배우는 일에 열중했고 그 외의 시간엔 또 성당에서 하는 봉사활동에 적극적으로 참여했다. 윤의 장례식장에 다녀온 후로 숙은 조금씩 달라졌다.

윤이 떠난 지 일 년.

묘이는 나타나지 않았다. 윤과 저승을 여행 중이라 정신이 없겠지. 괜히 서운하고 쓸쓸한 혁이다. 윤의 사망 1주기를 맞아 홀로 사천을 다시 찾았다.

그 옛날 아이들과 뛰어놀던 동산은 시간에 떠밀려 변화의 옷을 입은 지 오래였다.

동네의 절반 이상이 생태공원 부지로 편입됐고, 윤은 동산에 묻혀 있던 묘이와 그 친구들을 새로운 보금자리를 찾아 이장시켰다. 혁은 여기까지 온 김에 외조부의 묘에 들러 인사나 하고 가야겠다는 생각을 하며 생태원 앞에서 입장권을 구매하고 안으로 들어갔다.

생태원은 돔을 이룬 에코리움을 중심으로 자연의 생태계가 이웃 마을까지 조성되어 있었다. 공원 내부는 꽤 넓어서 소형 열차가 따로 다니기도 했지만 혁은 사람들이 드문 한반도 숲 생태가 조성된 외곽의 길을 따라 걸었다.

5월의 태양은 한의사의 침만큼이나 따가운 햇살을 쏘아댄다. 생태원이 생긴 지는 꽤 오래되었지만 이렇게 안까지 들어오게

한 것은 윤이다. 방죽이 있던 곳은 연못이 되었고 아이들의 묘가 있던 곳은 마을 숲으로 조성되었다.

마을 숲에선 동네 꼬마들 몇 명이 모여 놀고 있었다. 혁은 그곳의 벤치에 자리를 잡고 앉아 아이들이 노는 걸 구경했다. 지칠 줄도 모르고 나무 사이를 뛰어다니며 '나 잡아봐라'를 재연했다.

마을 숲 저편으로 보이는 노랗고 빨간 원색의 튤립들에 혁은 마음이 동했다.

"얘들아! 아저씨랑 같이 놀까?"

뛰놀던 아이들의 발걸음이 느려졌다. 아이들은 일정거리를 두고 타원형으로 혁을 에워쌌다.

"어른이 왜 우리랑 놀아요? 아저씨는 친구 없어요?"

조그만 녀석이 당차하게도 말한다. 옆에 있던 아이가 혁에게 다가가려는 꼬마를 붙잡았다. 경계의 눈빛으로 주의를 준다.

그러거나 말거나 혁은 벤치에 놓아둔 자신의 검은 팬백을 보란 듯이 그곳에 손을 얹었다.

"이 가방 안에 뭐가 들어있는지 알아? 맞히면 너희가 원하는 선물을 줄게."

"진짜요?"

"당연히 진짜지."

"그럼 아이스크림 사줘요. 콜?"

"그래 콜이다!"

혁이 말을 끝내기 무섭게 아이들은 검은 팬백에 들어있을 만한 것들을 귀가 따갑게 외쳐댔다. 게임기, 노트북, 책, 휴대폰, 맥주, 도시락, 과자 등등. 혁이 아니라고 계속해서 고개를 가로젓자 아이들의 맞히기도 점점 시큰둥해진다.

"재미없어요. 그만할래요."

"벌써 포기하겠단 거야? 좋아. 아이스크림에 과자를 더 얹어주지."

아이들은 양말, 팬티, 모자 등등을 더 말하고는 대체 그 안에 뭐가 들었냐며 팬백 앞으로 몰려들었다. 답답함에 직접 열어볼 기세지만 남의 가방이라 그러진 못하고 어서 확인시켜 달라고 성화를 부린다.

아이들이 말한 물건 중에 하나는 팬백 안에 있을 테지만 혁은 가방을 열지 않았다.

"실은 이 안에 뭐가 있는지는 나도 몰라. 오늘 아침에 숙이 챙겨주는 걸 그냥 들고 왔거든."

"아저씨 쫓겨났어요?"

"그건 아니거든. 이걸 열면 못 맞힌 아이는 서운할 테니까 확인하는 건 관두고 내가 니들 모두에게 아이스크림과 과자를 하나씩 살게. 어때?"

아이들은 먹고 싶은 마음과 왜 처음 본 자신들에게 그런 걸 사주는지에 대한 의구심이 얽힌 표정으로 혁을 쳐다봤다. 막상 아이스크림과 과자가 손에 들리자 의심은 뒤로한 채 먹기 바빴다. 아이스크림과 과자 하나에 혁은 아이들과 금방 친해져서 웃고 떠들었다.

"근데 뭐 하고 놀아요? 우리랑 놀자면서요."

"나무 이름 부르기는 어때? 술래가 나무 이름을 부르면 그 나무를 찾아가 껴안는 거야. 그 전에 술래한테 잡히면 죽는 거지."

"나무 이름이 뭔데요?"

"잎이 날카로운 얘는 말을 잘하게 생겼으니까 열이. 쟤는 잎이 둥글고 예쁘니까 산이. 또 쟤는 길쭉한 잎을 가졌으니까 목이. 그리고 나뭇가지가 연결된 이 나무는 묘이와 윤이라고 부르면 어때?"

"에이. 얘는 소나무고 쟤는 상수리나무고 또 쟤는 버드나무고 저쪽의 쟤네들은 연리지잖아요."

"녀석 똑똑하긴. 연리지도 알고. 근데 하나만 아네. 우리도 다 사람이잖아. 그래도 각자의 이름이 있지. 나무들도 그래. 같은 소나무지만 저마다 불리는 이름이 따로 있는 거지. 여기 있는 이 나무들은 좀 아니 아주 많이 특별하거든. 니들이 이름을 불러주면 신나서 이렇게 막 춤도 출걸?"

바람인형이 춤을 추듯이 혁은 팔을 이리 흔들 저리 흔들 했다.

"에이, 농담이죠, 아저씨?"

"진짠데……. 니들 걸어 다니는 나무 본 적 있어? 난 봤거든."

"영화에선 나무도 걸어 다녀요."

"아, 녀석 참. 만만치 않네. 니들 심심한 거 싫어하지?"

"그거야 당연하죠."

"여기 있는 나무들도 심심한 거, 외로운 거 싫어한다. 그래서 밤이 되면 여기저기 막 다니거든."

"친구 찾아서요?"

"그렇지!"

"에이. 아저씨가 그걸 어떻게 알아요? 밤엔 여긴 문도 안 여는데."

아이들은 엉터리 말이라며 아이스크림을 먹으면서도 죄 똥 씹은 얼굴을 했다.

"암튼 나무들이 니들과 놀고 싶어 한다는 거 난 말해줬다."

혁은 벤치에 둔 검은 팬백을 어깨에 둘러맸다.

생태원 안으로 고즈넉한 붉은 노을이 들어서고 있었다. 아이들과 헤어져 출구를 향하는 혁의 귓가에 아이들의 웃고 떠드는 소리가 정겹게도 들려온다. 혁은 발걸음을 멈추고 마을 숲을 향해 고개를 돌렸다.

오늘은 그만 놀고 내일 또 놀자.

같이 있던 아이들이 떠난 숲에서 옛 친구들의 목소리가 들려왔다.

"그래, 또 만나 놀자. 다음엔 숙과 같이 올게. 선뜻 따라나설지 장담은 할 수 없지만 아무튼."

마을 숲 사이로 윤과 묘이가 어깨동무를 하고 나란히 서 있었다. 혁을 배웅이라도 하는 듯이.

바람은 마음에서 불어왔다. 지옥이라도 함께여서 견디는 거겠지.

불망비(不忘碑)

조동신

조선 후기 헌종 때 영의정을 지낸 이상황(李相璜, 1763~1841) 대감이 소싯적에 겪었던 일이다.

그는 충청도 괴산 고을에서 잠만 자고 아침 일찍 떠나려 했다. 거의 동틀 무렵에 주막을 나서서 길을 가고 있는데, 갑자기 조금 이상한 모습을 보고는 걸음을 멈췄다.

보니까 농부로 보이는 사람 한 명이 미나리꽝(미나리 기르는 논)에 뭔가 큰 덩어리 같은 것들을 담그고 있었다. 그런 진흙탕에서 빨래를 할 리도 없고, 아직 해도 뜨지 않았는데 그러고 있다는 점이 더 수상했다. 농부는 그 덩어리들을 모두 지게에 싣고는 그것을 지고 어딘가로 향했다.

이상황은 그 농부를 몰래 따라가 보았는데, 그는 곧 큰길에서서 눈에 잘 띄는 곳에 땅을 파고 그것을 하나씩 세운 뒤 흙을 덮었다. 보니까 무슨 기둥을 세우는 것 같았다. 그런데 곧 날이

밝았고, 그는 그만 그 농부의 눈에 띄고 말았다.

"응? 뭐 하시는 분이옵니까?"

"난 그냥 지나가던 중인데, 댁은 뭐 하는 것이오?"

"아, 이거요? 목비(木碑)를 세웁니다."

비석은 말 그대로 돌로 만든 것이지만 가끔 나무로 만들기도 했다. 자세히 살펴보니, 그 목비에는 분명히 선정비(善政碑)라는 글과 함께 고을 수령의 것으로 보이는 이름이 새겨져 있었다. 고을 백성들이 훌륭한 사또를 기념하기 위해 세우는 비석이다.

"이거 직접 하시는 겁니까, 아니면 누가 시켰습니까?"

"사또 나리가 시키셨죠. 길가 눈에 잘 띄는 데에 이걸 세우라고요."

"그런데 왜 이 꼭두새벽에 세우십니까?"

"이 고을에 암행어사가 떴다는 소문이 돌아서요."

이상황은 순간 긴장했다. 암행어사의 파견은 임금이 직접 정하는 일이긴 하지만 지방 수령들 중 탐관오리들은 부패한 고관들과 연결된 사람들도 많으며, 그런 수령들이 적발되면 그들을 임명한 관리들도 피해를 볼 수 있으니, 누군가 미리 알려줬을 수도 있다.

"암행어사? 그런데 왜 진흙탕에 담갔다가 꺼내오?"

"오래된 것처럼 보이게 하려고요. 새것이면 암행어사가 의심할 수도 있어서 그렇사옵니다."

사실, 이상황이 바로 암행어사였다. 탐관오리가 선치수령인 척 하기 위해 직접 자신의 선정비를 세우는 일도 적지 않았으니 비석을 세웠다는 사실만으로 그가 훌륭했는지 아닌지 알아내기는 어려웠다. 하지만 이번에는 의심할 여지도 없었다.

이 어사는 당장 역졸을 동원해 괴산 관아에 출두했고 그 고을 수령이 그동안 얼마나 학정을 했는지 밝혀냈다. 그 덕에 그에게 붙여진 별명은 팔목(八目)어사, 즉 눈이 여덟 개 달린 어사였다. 고을 수령의 감춰진 비리를 찾아내는 눈이 있다는 뜻이었다.

세월이 흘러 우리의 시대 어느 여름날이었다. 어느 동네에서 매년 열리던 축제에서 있었던 일이다.

"드디어 비석치기 경기, 대, 망, 의, 결승전입니다! 그레이스 팀, 그리고 으드득 팀!"

진행자는 결승전임을 강조하며 거기까지 올라온, 여섯 명의 선수를 가리켰다. 한 팀에 세 명씩이었다.

"여러분도 아시겠지만, 결승전에는 7~9단계, 즉 훈장, 떡장수, 봉사 순으로 하겠습니다! 과연 승리의 여신은 어느 팀에 미소를 지을까요? 먼저 앞서 했던 대로, 공수를 정합니다!"

공수를 정하는 방법은 가위 바위 보였다. 그레이스 팀이 공격을 하게 되었다.

"정두수 저 녀석, 이런 데는 관심 없다더니 여자에게 홀려서 저 팀으로 간 거야?"

"그런데 저 팀은 저 남자보다 여자들이 더 잘하는 것 같은데?"

"사실 비석치기야 연습만 좀 하면 누구나 할 수 있는 거잖아?"

으드득 팀의 남자들이 한마디씩 했다. 그들은 남자만 셋인데, 그레이스 팀은 여자 둘에 정두수라 불린 남자 하나로 구성되어 있었다. 그리고 그들의 말대로 두수보다는 두 여자 쪽이 더욱 돋보였으며, 그녀들 때문에 7, 8단계도 무난히 통과했다.

"그레이스 팀이 9단계까지 먼저 도달했습니다! 가장 어려운 '봉사' 단계입니다! 눈을 가리고 망을 던진 다음에 다시 주워서 상대의 망을 맞히는 단계입니다! 여기서 이긴다면 그레이스 팀이 최종 우승을 차지하게 됩니다!"

"내 솜씨를 보여주지!"

이번에도 정두수가 가장 먼저 나섰다. 개량 한복 차림의 심판이 나와서 정두수에게 눈가림용 천을 건네주었다. 그는 선 앞에서서 천을 자신의 머리에 감고는, 망(비석치기 할 때 쓰는 놀이 도구. 막자, 목자라고도 부른다)을 잡았다.

"간다!"

그는 가볍게 망을 던진 뒤 쭈그리고 앉아 손으로 더듬어 그것을 찾기 시작했다. 약하게 던졌기 때문에 찾기도 어렵지 않았다. 이제 눈을 가린 상태에서 정확히 던져야 했다.

그때였다.

"으, 윽!"

갑자기 정두수가 멈칫 하더니, 자신의 가슴을 감싸 쥐었다.

"아, 아니, 이게, 뭐야!"

그는 자신의 눈을 가리고 있던 안대를 벗어 던졌다. 그의 얼굴빛은 아까와는 완전히 달라져 있었다.

"아니, 무슨 일이지?"

관중들이 웅성거리기 시작했다. 으드득 팀 사람들도 놀란 듯 그쪽을 보았다.

"어머? 두수 오빠!"

같은 팀의 여자 둘이 달려갔다.

"뭐, 뭐가!"

정두수는 숨도 제대로 쉬지 못했다. 심판도 달려왔는데, 그가 숨을 쉴 수도 없게 되자 두 여자 중 한 명이 그의 위에 올라가 가슴을 누르며 심폐소생술을 하기 시작했다.

"오빠!"

비상 대기하고 있던 의료진이 달려왔고 구급차까지 와서 그를 싣고 달려갔지만, 그의 숨은 병원에서 결국 멎고 말았다.

서울 인사동에 있는 한 전통찻집이다. 이곳은 찻집 외에도 다른 사업을 하는 장소이기도 하다. 그게 무엇인지 알고 싶다면 구석에 있는, 소파가 딸린 좁은 방으로 가면 된다. 이곳에는 내 이름을 딴 '윤경식 탐정사무소'라는 문패가 달려 있다. 우리 앞 소파에는 네 사람이 앉아 있었다.

"그래서, 우리 딸들이 살인 혐의를 뒤집어쓰게 됐어요!"

한 부인이 눈물을 닦으며 말했다.

"세상에, 어떻게 이런 일이……!"

정두수의 죽음으로 최우선 용의자로 몰린 사람은 그와 같은 팀을 짰던, 두 명의 여대생이었다. 둘 다 대학 1학년생이었고 친구였으며, 이름은 이다연과 최한나였다. 정두수는 그녀들보다 한 살 많은 고등학교 선배였다.

정두수의 죽음은 사고도, 자살도 아니고 타살이 분명했다. 그는 시합을 하던 도중에 니코틴 독이 발린 바늘에 손을 찔렸다. 그것도 한 개도 아니고 여러 개, 마치 잘못해서 꽃꽂이용 침봉을 만지기라도 한 것 같았다.

문제는 현장 어디에서도 그 독침이 발견되지 않았다는 점이었다. 과연 누가, 무슨 방식으로 그를 살해했는지 알 수 없었다.

"그런데 그 비석치기에 어떻게 하다 나가게 됐죠? 전에도 나간 적 있나요?"

"그게 문제예요! 전에는 나간 적도 없는데, 어떤 사람이 한나한테 와서 돈까지 주면서 정두수랑 같이 비석치기 시합에 나가라고 시켰대요. 그래서 아르바이트 하는 셈 치고 나갔대요!"

이다연의 어머니가 말했다.

"그 사람이 누굽니까?"

"그걸 모르니까 그러죠. 그 때문에 우리도 고민이에요! 아니, 어쩌자고 그런 아르바이트를 해서……! 정두수 그 녀석, 그리 평판도 좋지 않은데!"

이번에 입을 연 사람은 최한나의 어머니였다.

"평판이 좋지 않다고요?"

내가 물었다.

"우리 지방에서 알아주는 사업가이자, 또 국회의원인 정한규 의원의 아들이거든요. 거기다 키도 크고 허우대도 멀쩡해서 여자 여럿 울리고 다녔다고 하던데, 우리 딸애가 어떻게 하다가 그 녀석에게 빠져서……!"

이다연의 어머니는 금방이라도 눈물을 쏟을 듯한 얼굴로 말했다.

"그러면 말리시지 그랬어요?"

"말리려고 했지만 말을 들어야죠! 그러니 한나가 같이 가자고 했을 때 이다연이가 당연히 그러겠다고 했죠!"

최한나의 어머니는 고개를 저었다.

"사실, 정두수 그 녀석은 오히려 한나한테 마음이 있었던 모양입니다. 하지만 한나는 그러지 않았는지, 이다연한테도 그 사람이랑 사귀려 하지 말라고 몇 번이나 말했다네요! 그런데 돈이 급하다고 그 녀석이랑 같이 게임에 나가다니……!"

최한나의 아버지가 말했다.

"누가 최한나 씨에게 그 비석치기 대회에 나가라며 돈을 줬다고 하셨는데, 그게 누구인지 모르십니까?"

내가 물었다. 그러자 이다연의 아버지가 대답했다.

"최한나가 공원에 갔는데 마스크 쓴 사람이 오더니, 정두수랑 같이 비석치기 대회에 나가 달라고 했다고 합니다! 그 녀석, 방학인데도 집에 내려오지도 않고 서울에서 놀고만 있더니, 어떻게 연락해서 그 대회에 나가게 했나 봐요!"

그러자 조대현이 최한나의 아버지에게 물었다.

"그 이상한 사람이 따님이랑 만났다는 증거는 있나요?"

"공원에 CCTV가 별로 없어서……!"

"일부러 그곳을 택한 모양이군요. 따님이 그리로 자주 산책을

간다는 사실을 알고 말이죠."

조대현이 말했다. 최한나의 아버지가 그 말을 듣고 그 일이 자신의 탓인 양 고개를 숙였다.

나는 이곳의 대표, 공식 직함은 소장이다. 하지만 사실 나는 거의 조수 역할을 하고 있을 뿐이다. 정작 탐정으로서 사건을 해결하는 사람은 직책상 이곳의 사무원인 조대현이다. 의뢰인들이 처음 이 사무실에 들어오면, 먼저 그를 보고 뭐 하는 사람인가 하는 얼굴을 한다. 그는 키가 150센티미터밖에 되지 않아 초등학생으로 보일 것이다. 하지만 얼굴은 반대로 상당한 노안이라, 신기하게 보인다.

또 그의 옷차림을 보면 처음에는 거의 누구나 비웃을 게 분명하다. 셜록 홈즈도, 콜롬보도 아니면서 머리에는 헌팅캡을 쓰고, 그와 같은 색의 바바리코트를 입고 있기 때문이다. 그 코트가 얼마나 헐렁헐렁한지 보면 꼭 코트가 걸어 다니는 것 같다. 하지만 사건이 해결된 다음에는 누구든 그의 해결 실력에 놀라곤 한다. 그 점은 그와 그리 친하지 않은 나도 인정한다.

조대현은 네 명의 의뢰인을 보았다.

"우리 의뢰비는 적지 않습니다."

"딸들이 쇠고랑 차게 됐는데 돈이 문제인가요?"

그들은 모두 같은 의견이었다.

"돈보다 더 큰 문제가 있습니다. 우리가 찾는 건 무죄 증명이 아니라 '진실'입니다. 즉, 의뢰인 여러분이 바라는 바와 다른 결과가 나올 수도 있다는 말이죠. 그 점은 각오하셔야 합니다."

조대현은 늘, 최고의 미덕은 진실이라고 말하곤 했다.

"하지만, 꼭 해주셔야 합니다! 다들 우리 애들이 정두수 그 녀석을 죽였다고 하니 말이죠! 밖에서 고개도 못 들고 다니게 됐어요! 경찰에서도 수사 중이지만, 되도록 빨리 일이 좀 해결되었으면 해서요!"

"대체 이게 어떻게 된 건지 모르겠습니다. 작년에는 축제하던 날에 투신자살 사건이 일어나질 않나……!"

갑자기 이다연의 아버지가 다른 말을 했다.

"투신자살 사건이요?"

조대현이 물었다. 나도 뜻밖이었다.

"이번 일이랑 상관이 있는지 없는지는 모르지만, 작년에 민혜선이라고 고3인 애가 축제 기간 중에 자살을 했어요. 자세한 건 우리도 모릅니다! 좁은 동네라 고등학생들은 거의 다 아는 사이죠! 한번 가서 알아보시든지요! 그 부모가 애들 다녔던 고등학교 앞에서 테이크아웃 커피점을 하니까요!"

"물론 의뢰는 받겠습니다. 우선 오늘은 돌아가주시기 바랍니다."

의뢰인들이 돌아가자, 조대현은 내게 말했다.

"요즘 사건은 어때?"

"뭐, 밀린 건 없어."

사건 해결은 신속 정확이 생명이다. 나는 일어났다.

"일단 현장으로 가봐야 하지 않을까?"

"준비한 다음에 내일 아침 일찍 가자. 오늘은 내려가봤자 별 거 아니니까. 대신 그 사건에 대해 여기저기 조사를 좀 해보고 가야지! 이거, 지방 출장이니까 그 비용도 청구해야겠네. 잘 체크해!"

조대현과 나는, 뭐, 좋게 말하면 친구라 할 수 있다. 내가 이렇게 사건을 기록으로 남기고 있으니 그 유명한, 코난 도일이 만들어낸 명탐정 캐릭터인 홈즈와 왓슨 같은 사이라고 해야 하나. 하지만 그렇게 되기까지는 사실 곡절이 많았다. 내가 삼촌의 빚을 뒤집어쓰는 바람에 사채업자들에게 잡혀 장기까지 뽑힐 뻔했는데, 그가 내 빚을 갚아주었다.

여기까지 본다면 둘도 없는 은인이다. 하지만 그는 그 대가로, 나보고 탐정 자격증을 딴 뒤 탐정 사무소를 차리고, 자신의 조수 역할을 하라고 했다. 즉 겉은 소장인데 속은 직원, 그것도 공짜 직원이 된 셈이다. 의뢰비는 전부 그가 갖기 때문이다. 그러니 나는 팔자에도 없는 탐정 일을 하고 있다. 내 생계는 부업으로 해결해야 한다.

그가 그러는 이유는 틀림없이, 그의 외모 때문에 의뢰인들이 사건을 맡기지 않을 수 있으니 대리로 내세울 사람이 필요했기 때문일 것이다. 물론 그는 절대로 그렇게 말하지 않지만, 나는 분명히 확신한다.

좌우간 다음 날 아침 일찍, 조대현과 나는 그 사건 현장에 와 있었다. 경찰 저지선 안에는 비석치기를 위해 그은 금만 그 자리에 남아있었으며, 게임용 망은 이미 경찰에서 모두 수거해간 다음이었다.

"비석치기면, 말 그대로 나는 돌인데 요즘은 안전하게 하려고 나무로 만든다면서?"

"그렇지 뭐."

조대현은 사건 내용을 생각하고 있는 모양이었다.

나는 어젯밤에 인터넷 뉴스 검색 등으로 이 사건에 관해 조금씩 알아보았다. 앞서 언급했듯, 피해자 정두수는 이 지역에서 꽤 알려진 사업가인데다 국회의원 집 아들인데, 워낙 바람기가 다분하여 평판이 좋지 않다고 한다. 이런 일로 일어난 사건이라면 대개 치정일 것이다.

비석치기란 날아갈 비(飛) 자와 돌 석(石) 자를 써서, 즉 나는 돌이란 뜻이다. 비석까기, 비사치기, 돌치기, 말맞추기, 오캐맞추기, 목자치기라고 부르기도 한다. 아이들 놀이인 만큼 규칙은 간단하며 준비 비용도 저렴한 편이다.

손바닥 크기의 직사각형 돌(꼭 직사각형일 필요는 없지만 세울 수 있어야 한다)을 사람 수만큼 준비한다. 비석치기 세트 등도 쉽게 살 수 있는데 앞서 언급했듯 요즘은 나무로 만든 망이 더 많다.

선을 두 개 나란히 긋는데 그 선 사이의 거리는 대략 4~5미터 정도다. 가위바위보 등을 통해 공격과 수비를 정한다. 수비 측은 한쪽 선 바로 뒤에 망을 세우고, 공격 측은 다른 쪽 선 뒤에 서서 망을 던져서 수비 측이 세운 그것을 쓰러뜨리면 이기게 된다. 사실 수비 측은 망을 세우기만 하는 게 일의 전부로서, 공격을 막거나 하지는 못한다.

공격팀은 번갈아 가며 망을 던진다. 한 팀에 세 명일 경우 한 명만 성공하고 다른 사람들이 실패한다고 해도 그 성공한 사람이 다른 두 개의 망을 맞혀 쓰러뜨리면 자동으로 다음 단계로 간다. 하지만 한 팀 사람들이 다 던졌는데도 수비 측의 망이 남아 있다면, 공수가 바뀐다.

단순히 던져서 맞히기만 하지 않고, 여러 가지 단계를 거쳐 상대편의 망을 쓰러뜨리는 기술이 있다. 그 방법은 지역에 따라 다르지만, 이번 시합에서는 다음과 같았다.

1. 그냥 던지기
2. 발등에 올려놓기(도둑처럼 살금살금 걷는다 하여 '도둑발' 단계라고도 불린다)
3. 발목 사이에 끼우고 뛰어서 던지기(토끼뜀처럼 보인다 하여 일명 '토끼'라고도 한다)
4. 배 위에 올려놓기(개구리)
5. 겨드랑이에 끼우기(신문팔이)
6. 양팔을 벌리고, 손등 위에 올려놓기(비행기)
7. 어깨 위에 올려놓기(훈장 혹은 장군)
8. 머리 위에 올려놓기(떡장수)
9. 눈 가리고 던지기(봉사)

즉, 던지기만 하는 게 아니라 발등 위에 망을 올린 채로 이 선에서 저 선까지 가서 상대편 망을 쓰러뜨리기, 다음에는 발목이나 무릎 사이에 끼우고 이동하여 쓰러뜨리기, 점점 망을 올려놓는 위치가 높아졌다가 마지막에는 눈을 가리고 던져서 맞히기까지, 점점 어려워진다.

8강전, 4강전, 결승전의 토너먼트 방식으로 했으며 8강, 즉 본선까지는 모두 1단계 시합으로 뽑았다. 그리고 8강전은 1~3단계, 4강전은 4~6단계, 결승전은 7~9단계의 시합을 하기로 했다. 절차의 간소화(?)라고 할 수 있다.

문제는 정두수가 어떻게 하다가 찔렸느냐는 점이었다. 그는 손을 독침에 찔렸는데, 현장에서 수거한 망을 모두 살펴보았지만 어디에서도 독침은 발견되지 않았다.

범인은 과연 어떻게 범행에 성공했을까. 비석치기는 변수가 워낙 많은 게임이다. 공수가 어떻게 정해질지도 모르고, 몇 단계까지 가고 누가 실패하고 성공할지 모르니까.

"정두수가 쓰러진 다음에, 제일 먼저 그 사람에게 간 사람이 누구지?"

"그, 이다연인데? 자기가 심폐소생술까지 했어!"

내가 말했다. 정말로 그녀가 피해자에게 마음이 있었던 모양이다. 그러니 그때 그렇게 필사적으로 그를 살리려고 했을 것이다. 하지만 그러지 않았을 수도 있다.

"대부분 사람은 그럴 때 다 당황하는데, 꽤 침착하게 행동한 거잖아. 그 여자가 혹시 그 사람을 살펴보는 척하면서 독침으로 찌른 게 아닐까?"

내가 말했다.

"그 독침은 어떻게 처분하고?"

"의료진이 와서 다들 놀랐을 테니까 그때 어디 버렸을 수도 있지! 사람도 많은 장소인데 쉽게 눈에 띄지는 않을 테니까!"

"피해자는 독침에 손을 찔린 거 잊었나? 심폐소생술 하면서 손을 건드렸다면 금방 눈에 띌 텐데? 그리고 독침을 어떻게 처분해?"

"그런가? 그다음에는 심판이 그리로 갔어."

조대현은 나를 보았다.

"정두수는 담배를 피우지 않았다고 하니 니코틴 내성은 별로 없었겠네."

"니코틴?"

"사인이 니코틴 중독이었잖아."

담배를 많이 피우는 사람은 니코틴 침에 찔려도 어느 정도는 버틴다. 물론 그렇다고 담배를 피우지는 않는 게 좋겠지만.

"'봉사' 단계에서는 알겠지만, 눈을 가린 채로 망을 던진 다음에 그것을 주워서 던져서 상대의 망을 맞히는 거잖아?"

"그렇지!"

"그런데 좀 이상하지 않아?"

내가 말했다.

"우리가 나서게 됐다는 거 자체가 이상한 일인 거지 뭐. 뭐가 이상한데?"

"정두수가 결승까지 갈 줄, 그리고 9단계까지 갈 줄은 누가 알았을까?"

"그게 얼마나 이상할까?"

유력한 용의자로 지목된 두 여자는 아르바이트를 했을 뿐이라고 대답했다. 전술한 대로 이 게임은 규정상 한 명이 탈락해도 그 팀의 다른 사람이 잘하면 다음 단계로 올라갈 수 있으므로, 그 둘이 잘했으면 정두수도 갈 수 있을 것이다.

"예선은 미리 해서 8강을 뽑았다고 했지?"

"응, 1~3단계까지만 했다고 했잖아."

당시 구경꾼 외에 가까이 있던 사람은 공격팀과 수비팀, 그리고 심판뿐이었다. 진행자는 멀리 떨어진 곳에 있었으니 관계가 없다고 봐야 할 것이다.

"수비팀 중에 용의자가 있을 수도 있을까?"

내가 물었다.

"주최 측에 물어보면 참가자 명단도 받을 수 있을 텐데?"

나는 동네 주민들에게 그날 비석치기 시합에 관해 물었다. 그런데 생각보다 금방 알 수 있었다. 그날 시합에서 심판을 본 사람은, 성수철이라는 이로 그는 그 동네 고교의 역사 교사이자, 향토 역사학자이기도 했다. 그 때문에 축제에서도 전통 놀이 행사에서 자원 봉사로 비석치기 심판을 보았다.

잠시 후, 우리는 그 고교로 갔다. 이 주변에 고등학교는 하나뿐이었으니 정두수는 물론 이다연과 최하나도 그곳을 졸업했을 것이다. 방학 중이지만 그의 연락처라도 얻어 볼까 하고 교무실로 가보기로 했다.

운동장 한쪽 구석에는 뜻밖에도 비석이 몇 개 보였다. 글자를 보니 '불망비(不忘碑)'라는 글자가 눈에 띄었다. 보존 상태도 꽤 좋은 편이었다.

"이거 비석인데? 이 고을에 선치수령이 있었나?"

나는 쓱 말했다. 조대현은 말없이 따라오라는 얼굴만 했다.

우리는 곧 교무실에서 교사 성수철을 찾았고, 책을 읽던 남자가 우리 둘을 돌아보았다. 그리로 가자, 그는 책 가름끈을 끼우고는 우리를 맞이했다. 표지를 보니, 존 스튜어트 밀(영국의 철학자이자 정치가)이 쓴 《자유론》이었다. 그 외에도 그의 책에는 역사책이나 민속학과 관련된 자료가 꽤 많이 쌓여 있었다. 향토역사학자라고 해서 나이가 꽤 들었을 줄 알았는데, 그는 꽤 젊어 많아야 30대 초반 정도로 보였다. 미혼인지 결혼반지도 끼고 있지 않았다.

"안녕하세요. 저는 사립탐정 윤경식이라고 합니다."

나는 일단 내 소개를 했다. 성수철은 조대현을 보자, '뭐 이런 사람이 있나' 하는 생각을 하는 모양이었다. 나는 그런 시선에 익숙했다.

"탐정님들이 무슨 일로……?"

"그 축제 때 사건 때문에……."

"그것 때문에 여기까지 오셨나요? 제가 그날 심판을 본 건 맞습니다. 하지만 저는 아무것도 모릅니다."

"무슨 일이 있었는지 다 보셨죠?"

"저도 몰랐습니다. 결승전이라서 계속 지켜보기만 했으니까요. 경찰에다 아는 이야기는 다 했는데, 굳이 탐정 분들이 찾아오신 이유는 뭡니까?"

"조금 질문을 드릴 게 있습니다. 이번 비석치기 놀이는 언제부터 기획되었나요?"

조대현이 물었다.

"레트로 축제는 정기적으로 하는 거고, 저는 민속놀이 관련 자문으로 나섰습니다. 비석치기 같은 건 비석 말고는 준비할 것도 별로 없으니까요. 제작비가 적을수록 좋지 않습니까."

그는 서랍에서 비석치기 세트를 꺼내 보이며 씩 웃었다. 알아보니까 인터넷으로도 꽤 저렴하게 살 수 있었다.

"제작비가 적나요?"

"망을 금으로 만들지 않은 다음에야, 많이 들 필요도 없죠. 나름 스릴도 있고. 그리고 비석치기는 꽤 오래전부터 해 왔습니다. 일정은 군청 홈페이지랑 SNS에 미리 공지했고요. 토너먼트로 하자고 한 건 제 의견이긴 했지만요."

"그냥 체험 코너로 해도 됐을 텐데, 왜 굳이 토너먼트를 했나요?"

조대현이 물었다.

"그렇게 해야 상품이라도 노리고 사람들이 더 올 테고, 약간의 스릴을 위해서죠! 체험 코너도 따로 뒀습니다. 금만 그으면 되니까 쉽죠. 단지, 체험 코너에서는 어떤 엉뚱한 사람들이 망을 훔쳐갈 수도 있으니 그게 문제죠!"

성수철은 우리가 별로 달갑지 않은 모양이었다. 하긴 그 점은 감수해야 했다. 경찰일 경우는 더 그렇다. 유무죄 여부를 떠나 조사를 받는다는 일 자체는 유쾌할 수 없을 테니까.

"선생님은 비석치기 좀 하시나요?"

조대현이 물었다.

"물론입니다. 그러니 심판도 했죠."

그는 향토 역사학자이기도 하기 때문에 전통 놀이 등을 복원하는 일에도 참여하고 있었다.

"그 규칙도 직접 정하셨나요?"

"당연하죠. 너무 길어지면 안 되니까 일부러 8강전에서는 3단계, 4강전에서는 6단계, 결승에서는 9단계까지 하겠다고 했습니다."

"예선은 어떻게 뽑았죠?"

조대현이 이렇게 묻는 이유는 늘 마찬가지였다.

"예선에서는 1단계 점수만으로 뽑았습니다. 제일 빨리 상대의 비석을 다 쓰러뜨리는 팀이 이기는 거죠. 상위 여덟 팀을 뽑았죠."

"그랬군요. 예선도 전부 심판을 하셨나요?"

"그렇습니다. 지금은 그거 말고는 말씀드릴 게 없습니다."

성수철은 어깨를 으쓱했다. 조대현은 다시 물었다.

"정두수에게는 두 명의 여학생이 접근해서 같이 비석치기 나가자고 했다죠?"

"그랬나요? 저는 참석자 명단은 알지 못했습니다. 온 사람들 그날 심판만 봐준 게 다고요. 정두수야 여자들이랑 같이 가는 건 좋겠다고 했겠죠. 그 친구가 사실 바람기가 좀 다분했으니까요. 재학 때부터요."

"아시나요?"

"우리 학교 졸업생이니까 압니다. 정두수도, 최한나랑 이다연도 마찬가지고요. 졸업한 지 얼마 되지 않아서 잘 압니다."

"그래요?"

조대현은 책상 위를 보았다.

"정두수랑, 이다연이랑, 최한나랑, 다 어떤 학생이었나요?"

"그 나이 때 애들이 여자에게 관심 갖는 거야 당연한 거겠지만요. 같은 동네 살아서 다들 잘 아는 사이 같았는데 말입니다."

"선생님은 여기 출신이신가요?"

"하하하, 아닙니다. 교대 졸업하고 기간제 하다가 겨우 여기에 자리를 잡았죠."

성수철은 씩 웃었다.

"대학 때 여기로 필드워크도 좀 오기도 했지만요. 그때 유적 발굴하는 데도 가 보고……, 그때 여기가 아름다워서 여기서 나도 발굴 좀 해볼까 하기도 했습니다. 지금은 많이 변했지만요."

그는 갑자기 창밖을 보았다.

"저기 밖에 번화가 대부분 정 의원, 정두수 아버지가 지었거나 소유한 건물들이죠. 이번 일 때문에 이 지역구에도 꽤 타격이 클 겁니다."

나는 슬쩍, 약간의 친근감을 보이고자 그가 읽던 책 쪽으로 눈을 돌렸다.

"존 스튜어트 밀을 좋아하시나요?"

"네?"

그는 그 책을 보자 약간 당황한 듯 말했다.

"철학책은 나름 흥미가 있어서요. 좋아하는 철학자 있으십니까?"

"글쎄요. 저는……."

"아, 그러고 보니 잊을 뻔했네요. 작년에 그 축제에서 사람이 죽은 적이 또 있나요?"

조대현이 물었다. 순간 성수철의 눈이 휘둥그레졌다.

"축제에서 사람이, 작년에요?"

"네."

"그런 적 없습니다."

"작년에 여기 학생 누가 자살했다고 들었습니다."

성수철의 얼굴이 굳어졌다.

"아, 그건 축제 때긴 하지만 그 현장에서 죽은 건 아닙니다. 우리 학교 여학생 한 명이 자기 남자 친구에게 차였다고 그 때문에 자살했어요. 참, 고3이었는데 연애나 하고 다니고, 자살하고, 그 때문에 우리 학교 선생님들이 얼마나 고생했는지 모릅니다!"

그는 투덜거리는 얼굴로 말했다.

"아, 그렇군요. 실례하지만, 그걸 저도 좀 써 봐도 될까요?"

조대현이 가리킨 것은 바로 비석치기 세트였다.

조대현은 내게 망을 하나 주며 말했다.

"한번 똑같이 해볼래?"

"네, 마마."

나는 망을 휙 하고 던져 보았다. 졸지에 나와 조대현은 학교 운동장 구석에서 금을 긋고 비석치기를 하게 되었다.

"맞았다!"

"너는 비석치기 규정 모르냐? 쓰러뜨렸어도 망이 포개져 있으면 쓰러뜨린 걸로 치지 않잖아."

조대현은 내게 핀잔을 준 뒤, 자신이 직접 던졌다. 이번에는 정확히 맞았다. 그는 다리가 불편해 주로 손을 쓰는 일을 취미로 삼았으니, 던지기는 잘하는 편이었다.

"흠."

사실 던지기로 정확히 뭔가를 맞히기란 초보자에게는 쉬운 일이 아니다. 정두수는 몇 번이나 할 수 있었을지 몰랐다.

"너는 어렸을 적에 비석치기 많이 해봤어?"

조대현이 물었다.

"아니, 난 사실 그런 놀이는 별로 좋아하지 않았어."

나는 뛰어다니며 노는 데는 크게 흥미가 없었다.

"그래서 이렇게 못하는구나."

조대현은 이번에도 가볍게 망을 던져 쓰러뜨렸다.

이번 사건은 수수께끼로 가득 차 있었다. 앞서 밝혔듯, 비석치기의 마지막 단계는 '봉사', 즉 눈을 감고 망을 던진 뒤 그것을 주워서 던져 수비 측의 망을 맞히도록 한다. 이때 누군가가 독침이 박힌 망과 원래 던진 것을 바꿔치기하기라도 한다면, 틀림없이 손을 찔릴 것이다. 하지만 그 모습이 눈에 띄지 않을 수가 없다. 현장에는 수많은 사람들이 있었으며 카메라도 쉴 새 없이 돌아가고 있었다.

더욱이, 독침이 어디 있는지도 알 수 없었다. 검사 결과 그 자국은 바느질 세트 등을 통해 얼마든지 구할 수 있는 바늘에 찔린 게 분명했으니 바늘을 가진 사람들을 모두 조사할 수도 없었다.

"이걸 대체 어떻게 해야 하는 거야?"

나는 머릿속이 복잡해졌다.

이래저래 골치가 아픈 사건이었다. 과연 독침을 어디 가야 찾을 수 있을까. 나는 망을 몇 번이나 던졌는데 생각보다 금방 맞힐 수 있었다. 하긴 4~5m 정도 거리라면 몇 번만 연습하면 맞히기 어렵지는 않을 것이다.

"좋아, 그러면 발등 위에 올려놓고 해 봐."

그는 다리가 약간 불편하기 때문에 발등 위에 올려놓고 어떻게 해보기는 곤란할 테니, 내가 해야 했다.

"그 9단계를 다 해보라는 거야?"

"물론이지!"

조대현은 왜 새삼스레 그런 걸 묻느냐는 듯 말했다. 나는 별 수 없이 발등 위에 망을 올려놓았다. 귀찮게 여겨서 그런지, 얼마 가지 못하고 망을 떨어뜨리고 말았다.

"실패네. 넌 도둑 못 하겠다."

"웬 도둑?"

"'도둑발'이라고 했잖아. 그 단계가."

"다시 해?"

"원래는 그래야 하지만, 다음 단계도 해 봐."

역시, 비석치기는 단계가 올라갈수록 어려웠다. 나는 성공하든 실패하든 9단계를 모두 한두 번씩 해 보았다. 망을 배 위에 올려놓고 가서 다른 망 위에 떨어뜨려 넘어뜨리기, 어깨 위에 올려놓고 가기, 그러다가 마지막 '봉사' 단계까지 가보았다. 눈을 가리고, 그걸 던진 다음에 다시 주워서 상대 비석을 맞히기다.

"실패다."

"뭐, 이걸 그냥 한 번에 하는 게 그리 쉽냐!"

나는 눈을 뜨며 말했다.

"애들 놀이니까, 조금만 연습하면 되잖아?"

"흐음."

"사실 비석치기 게임 토너먼트로 나가긴 했지만, 공지만 나갔고 상금도 30만 원밖에 되지 않았는데, 셋이 나누면 10만 원이고 말이야. 굳이 그걸 얻기 위해 서울에 있던 사람이 내려와서 나갈 정도였을까?"

"최한나가 어떻게 수를 썼겠지!"

내가 말했다. 정두수의 목적은 상금보다는 같이 나간 그 두 여자들에게 있었을 것이다. 그는 최한나에게 마음이 있었다고 했다. 하지만 그녀는 그를 좋아하지 않았다고 했는데, 반대로 이다연은 그를 집요하게 따라다녔다고 한다. 최한나의 말, 즉 누군가가 그녀에게 100만 원을 주면서 정두수와 함께 그 대회에 나가라고 했다는 이야기가 사실이라면 누군지는 몰라도 그 사실을 정확히 알고 있다는 말이 된다. 과연 누구일까.

당시 스마트폰 등으로 대회를 찍은 동영상들은 모두 경찰에 있었다. 하지만 아무리 우리라고 해도 그런 것을 보기란 어려웠다.

"그런데, 어디에도 단서가 될 만한 건 없었다는데?"

내 말에, 조대현은 고개를 저었다.

"일단 두 가지 가능성을 봐야지. 그 두 여대생 중 한 명, 아니면 둘 다 거짓말을 하고 있을 경우."

"그러면?"

"그러면 뭐, 추가 비용은 못 받겠지. 범인이거나 공범일 테니까!"

조대현의 말에, 나는 맥이 빠졌다. 그는 역시 진실보다는 돈에 더욱 신경이 쓰이는 것 같았다.

"그 둘의 말이 사실이라면? 진짜 범인이 그 둘을 사주했을 뿐이고 그 둘도 속은 거라면?"

"그 사람을 찾아야지 뭐."

조대현은 뻔하다는 투로 말했다. 하긴, 범죄 수사에서 발품은 피할 수 없다.

다음으로 우리가 찾은 사람은 그때, 그 그레이스 팀과 결승전에서 붙은, '으드득'이란 팀 사람들 중 한 명인 김동훈이었다. 그 역시 현장에서 가까운 곳에 있었으니 용의선상에 오를 만했으며, 정두수의 동창이기도 했다. 그 역시 대학을 다니고 있었지만 방학이라 집에 내려왔고 입대 준비 중이었다.

김동훈의 집은 어느 초등학교 앞 작은 분식집이었다. 다행히 가게 일을 돕고 있던 그를 만날 수 있었다.

"당신이 그때 정두수 씨랑 제일 가까운 데 있었다고 들었습니다."

"전 그냥 걔랑 같은 고등학교 나왔을 뿐이에요!"

김동훈은 고개를 돌렸다. 그는 성수철보다도 더욱 퉁명스러웠다. 하긴 그럴 만했다.

"그 녀석이 왜 비석치기 경기에 나갔나 했는데, 결국 여자애들한테 꾀인 거잖아요! 원 참, 어렸을 때부터 치마만 입었다 하면 정신을 못 차리더니……!"

"그 같이 간 두 여자가 그랬단 말인가요?"

"아닌가요? 그렇게 들었는데?"

김동훈은 뜻밖이라는 듯 되물었다. 조대현은 말을 돌렸다.

"그날 그 경기에는 왜 나가셨습니까?"

"마침 대학에서 친하게 지내던 친구 두 명이 우리 집에 놀러 왔어요. 그러니 세 명이 됐고, 온 김에 그냥 재미로 나갔죠. 신청은 축제 전날까지 받았고 예선은 바로 다음 날에 했으니까요."

김동훈은 조금도 막힘없이 대답했다.

"재미로 나갔는데 결승까지 갔어요?"

"같이 나간 친구 한 명이 취미로 야구를 좀 해서요. 그 친구가 다 쓸어버리다시피 했죠."

야구를 하는 사람이 비석치기 시합에 나가는 건 반칙 아닐까 하는 생각이 들었지만, 던지기가 전부는 아닐 것이다.

"그날 경기는 어떻게 진행됐나요?"

"그 다연이랑, 한나랑 워낙 잘 던져서 정두수는 먼저 탈락했는데도 그 둘이 다 해나가더군요. 정두수 그 녀석은 먼저 나서기만 좋아하고 뒷수습은 하질 않아서요."

"그랬죠?"

사실 내가 생각해도 위험했다. 정두수가 최한나에게 마음이 있는데, 연습 핑계로 그녀를 꾀어서 뭔가 엉큼한 짓이라도 하려고 했는지 모른다. 아무리 돈을 많이 준다고 해도 가기 꺼려졌을 텐데 무슨 일일까.

"정두수에게 원한을 가진 사람이 있습니까?"

"원한이라……, 민혜선이 사건 때문에 원한을 가질 사람은 있었겠죠!"

"민혜선 사건이요?"

김동훈은 뜻밖의 말을 했다.

"경찰에도 말하긴 했는데, 정두수 그 녀석, 제가 알기로 작년에 민혜선이란 애랑 사귀었어요. 자긴 대학생이었지만 걔는 고3 수험생이었는데 말이죠. 그런데 걔가 무슨 일에선가 자살을 해 버렸지 뭐예요?"

"그렇습니까? 그 사건에 정두수가 관련이 되어 있나요?"

"거기까지는 잘 모르는데, 민혜선이가 어느 건물 옥상에까지 올라갔는데, 민혜선이가 뭐지, 원조교제를 한다고 했나? 그런 소문이 돌았어요! 그게 어떻게 폭로가 되어서 정두수가 걔를 찼겠죠. 그래서 걔가 죽었고!"

"흠, 그래요? 민혜선 씨 유족은 어디 있나요?"

"바로 저기죠! 저 테이크아웃 커피점!"

그는 자기 가게 바로 건너편을 가리키며 말했다.

"그리고 이다연이, 그 애도 웃기는 애예요. 정두수 그 녀석이 뭐가 좋다고, 그 녀석이 이 지역구 국회의원 아들이고 돈 많아서 그런 게 분명한데, 그게 뭐가 대단합니까? 거기다 이미 여자 친구까지 있는 애한테 끼어들었으니, 뭐, 요즘 말로 이러죠? 골키퍼 있어도 골은 들어간다고요."

"그 민혜선이란 학생이, 원조교제한 건 진짜가요?"

조대현이 물었다.

"말도 안 되죠!"

정두수가 눈을 크게 뜨며 말했다.

"바로 건너편에 살았던 앤데 제가 몰랐겠어요? 절대로 그럴 애는 아니에요!"

그 말을 듣자, 나는 김동훈이란 사람도 괜히 수상하다는 생각이 들었다. 가까운 곳에서 살았으니 그가 민혜선을 짝사랑하거나 했는데 그녀가 정두수에게 마음을 뒀고, 나중에 헤어진 뒤 자살까지 했으니 그 일로 상처를 받았을 가능성도 높았다.

최하나와 이다연에게 정두수를 꾀어 비석치기 대회에 나가라고 한 사람이 그일 수도 있을 것 같았다. 그도 아니면 전부 공범이거나. 하지만 이다연은 정두수를 짝사랑했다고 했는데, 정말로 그랬을까.

"최한나나 이다연 학생은 어땠나요?"

조대현이 다시 물었다.

"그 둘은 원래 친구였어요. 학생 때 그렇게 놀던 애들은 아니지만……. 여기가 서울도 아니고, 고등학교 여기서 다니는 애들이고 동네도 멀지 않으니까 다들 아는 사이죠."

김동훈은 한숨을 푹 쉬었다.

"애들이야 늘 돈이 모자라잖아요. 사실 민혜선이네 집이 좀 어려웠어요. 저 테이크아웃 커피점도 정말 겨우겨우 마련한 거라고 하더라고요. 그런데 학원도 다니기 어려워지고……, 그래서 원조교제한다는 말까지 돌았던 것 같은데, 말씀드렸지만 그럴 애는 절대 아니에요!"

조대현은 잠시 침묵한 뒤 다시 물었다.

"비석치기가 왜 비석치기인지 아십니까?"

"나는 돌을 말하는 거잖아요?"

김동훈은 갑자기 무슨 소리냐는 듯 물었다.

잠시 후, 조대현은 한마디 했다.

"혹시, 그 축제 현장에서 이상한 점은 없었나요? 뭔가 다른 사건이라도? 소매치기 같은 것도 없었습니까?"

"가만 있자……, 아! 쓰레기통에 불이 났어요!"

김동훈이 말했다.

"쓰레기통에 불이 나요?"

"누가 담배꽁초를 잘못 버려서 난 것 같기도 한데, 구급차가 오고 좀 있다가 경찰이 와서 현장 조사를 했는데, 구급차 온 다음에 불이 났던 것 같아요! 저는 그 두수 녀석이 실려가는 거 보느라 나중에 봤죠."

잠시 후 그 분식집을 나오자, 조대현은 고개를 저었다.

"원조교제한 걸 남자 친구에게 들켜서 민혜선이 자살을 했다 이거야? 솔직히 인과응보네."

"인과응보라니."

"아니, 돈을 벌고 싶으면 좋은 일이 얼마든지 있는데, 단기간에 많이 벌려고 그런 짓을 하나? 인신매매를 당했다면 또 몰라. 자청해서 그런 짓을 해?"

"그나저나 이거 어떻게 하나?"

"그 일이 이번 사건의 동기라면, 민혜선의 주변을 찾아봐야 할 거야."

나도 마찬가지로 생각했지만, 경찰이 그 정도도 알아보지 못했을 리가 없다.

"저 커피점도 가서 알아볼까?"

내가 물었다. 하지만 꺼려졌다. 정두수의 죽음으로 인하여 그 민혜선이란 여학생의 죽음까지 같이 거론된다면, 그 가족들의 상처를 더 크게 건드리는 셈이 될 것이다.

"그보다 먼저 가 봐야 할 곳이 있지."

우리는 곧, 정두수의 아버지의 사무실로 갔다. 그의 아버지는 이 근처에서는 가장 유명한 사업가이며 지역구 국회의원이기도 하다. 이중으로 일을 하니 엄청나게 바쁠 것이다. 그런데 그 와중에 이런 일을 당하다니.

"예고도 없이 가도 될까 모르겠다. 초상집인데 말이야. 그것도 외아들인데."

"이제 그 친척들이 유산 갖고 싸우겠지, 뭐."

조대현은 이런 일을 많이 봐서 그런지 무던한 모양이었다. 하긴, 나도 가끔 점점 이런 사건에 무감각해지는 나 자신에게 놀라곤 한다.

사무실에 도착했을 때였다.

"무슨 일로 오셨죠?"

"정한규 의원님 아드님 일 때문에 왔습니다."

"기자시라면 지금은 인터뷰 안 합니다. 나중에 오세요."

"우리는 탐정입니다."

"탐정이어도 안 됩니다. 정 의원님이 부르신 탐정들이 아닌 다음에는 말이죠."

사무실 직원들이 말했다. 나는 그 정 의원이란 사람에 대해

오기 전에 몇 번 검색하기도 했다. 야당 출신 국회의원이며 인망이 높다고는 하지만, 사업가 시절 경찰이나 관련자들에게 뇌물을 썼다는 의혹도 몇 번이나 있었다.

"잠깐!"

갑자기 방 안에서 목소리가 들렸다.

"누군가?"

"아, 의원님. 탐정이란 사람들이 왔습니다!"

사무원이 말했다.

"탐정? 들어오라고 해!"

뜻밖이었다. 탐정 생활을 시작한 후 무엇보다 먼저 익숙해진 게 문전박대인데.

정 의원은 사진에서 본 그대로, 머리가 많이 빠졌으며 몸집도 그리 크지 않았다. 정두수는 키도 꽤 크고 얼굴도 잘생겼다고 들었는데.

"당신들, 누가 의뢰했지?"

보자마자 반말이라니, 조대현은 간단히 대답했다.

"의뢰인의 비밀은 지켜 드리는 게 도리입니다."

"그 이다연, 최한나, 그 애들 부모가 의뢰했겠지? 어차피 내가 아니면 그쪽이 탐정을 불렀을 테니까!"

"마음대로 생각하십시오."

조대현은 태연히 대답했다.

"그러지 않아도 날벼락이 나서 정신이 하나도 없는데, 탐정이랍시고 와서 사람 흔들어놓는 건가들?"

"탐정이 찾는 건 진실입니다."

조대현은 조금도 흔들리지 않았다.

"누가 그러더라. 내 아들이 부모 빽 믿고 함부로 여자들이랑 사귀고 차버리기를 반복하다가 결국 원한을 사서 그렇게 됐다고. 하지만, 그 이다연이란 애가 그랬지!"

"이다연이 그랬다니요?"

"탐정이 돼 가지고, 모르나? 경찰에서 연락이 왔는데, 이다연의 집에서 방금 액상 니코틴이 발견됐다고!"

"저, 정말요?"

조대현이 내게 눈짓을 하기도 전, 내 입에서 그 말이 먼저 나오고 말았다.

"탐정들이 형편없으시구먼. 내 아들 녀석을 좋아한 여자들이 많다고는 들었지만, 사실 여자 얼굴만 보는 남자들이나, 남자 돈만 바라는 여자들이나 마찬가지 아닌가?"

물론 그 말을 틀렸다고는 할 수 없다. 하지만 살인사건이 괜히 났을 리는 없다. 거기다 나는 부모의 죄 때문에 그 자식을 해쳐서 앙갚음을 한 사건도 많이 봤다. 정 의원의 경우 사업가 출신이니 적을 만들 수도 있었을 것이다. 그런 이럴 때는 일이 더 복잡해진다.

"두수는 내가 아는 한 그리 큰 말썽은 저지른 적 없고, 그 나이 남자가 여자들에게 관심 갖는 건 당연한 거 아닌가?"

나는 대학 때도 돈이 없어서 여자들에게 관심을 가질 틈도 없이 매일 아르바이트만 했는데, 순간 억울한 생각이 들었지만 이는 중요한 게 아니었다.

"그런데, 그 많은 사람이 보는 앞에서 어떻게 그 애를……!"

정 의원은 말이 차마 입 밖으로 나오지 않는 것 같았다.

"아드님이 집에 내려온 다음에 며칠이나 있다가 그 시합에 나갔나요?"

"그건 왜 묻지?"

"비석치기 팀 연습도 좀 하고, 그래야 했을 테니까요!"

"한 사흘쯤이었나? 방학이 됐는데 서울에서 학원 다닌다 뭐다 하면서 내려오지도 않더니 원!"

"혹시, 민혜선이라고 아시나요?"

조대현이 물었다.

"민혜선? 아, 네!"

"집에 데리고 간 적도 있나요? 그렇다면 아주 진지하게……!"

"전에 아들 녀석이 말썽을 피워서 내가 좀 엄하게 혼냈는데,

그때 만났던 애가 민혜선이라고 했어! 그런데 그 애가 원조교제를, 그것도 자기 학교 교사랑 한다고 해서 그만두라고 했지! 그런데 그건 작년 이맘때 일인데 왜 이제 와서 복수를 하나?"

"학교 교사요?"

"자기 학교 역사 교사가 그 상대라고 했어!"

역사 교사라는 말을 듣자, 나는 곧 성수철이 떠올랐다. 그가 작년에도 그랬고 이번에도 비석치기 놀이 심판을 했다.

"성수철이란 사람을 다시 만날까?"

내가 물었다.

"그게 좋을까?"

"그 사람은 민혜선이라는 말도 꺼내지 않았는데."

"너 같으면 꺼내겠냐?"

조대현은 한심하다는 듯 나를 보았다. 하긴 그렇기는 하다. 민혜선 사건에 관해 좀 알아보기라도 해야 할 텐데.

"그럼, 어디로 가?"

"이다연의 집에서 액상 니코틴이 발견되었다고 했잖아?"

"탐정님들, 이제 왔어요?"

이다연의 부모는 허탈한 얼굴로 우리를 맞이했다. 어머니 쪽은 이제 쓰러질 것 같았다.

"다연이가 겨우 구속되는 건 막았는데, 집에서 니코틴이라니, 우리 집에는 담배 피우는 사람도 없는데……! 당신, 담배 괜히 끊었어!"

이다연의 어머니는 놀란 나머지 아무렇게나 말하는 것 같았다.

"담배는 끊는 게 아니라 참는 거라잖아요. 니코틴이 어디에서 나왔습니까?"

조대현이 물었다.

"이거, 우리 애 정말 잡혀 들어가는 건가요?"

"일을 맡겨주셨으면 믿어주십시오."

내가 말했다.

"그 애가 바보같이, 그 니코틴 병을 밖에 가져가서 버리려다가 그만 마침 우리 집을 조사하러 오던 형사에게 붙들리고 말았습니다!"

"그래서, 경찰서로 끌려갔나요?"

내가 물었다.

"대체 이게 말이 됩니까! 그 애 말로는 자기도 모르게 누가 자기 가방에 넣은 것 같대요! 그러면 경찰서로 갔어야지, 자기가 의심받을까봐 밖에 가져가서 버리려다가, 그것도 형사에게 들키고 말았습니다!"

"가방 속에서 찾았다고요? 그건 찾아가세요 하는 거나 마찬가진데? 저라면 범행 시작하자마자 버렸습니다. 그런데 그 니코틴 병이 어떤 거였죠?"

조대현이 물었다.

"니코틴 병이 어떤 거였냐니요?"

"무슨 병 안에 있었는지 여쭤보는 겁니다."

"매니큐어 병 안에 있었어요."

이다연의 어머니가 대답했다.

"매니큐어 정도 양으로도 사람은 몇 명이라도 죽일 수 있습니다."

"그 애는 가방에 그런 걸 넣고 다니지 않았다고요!"

"따님이 언제 그 가방을 들고 나가지요?"

조대현이 물었다.

"아르바이트로 동네에서 애들 과외를 해주고 있어요. 그때 가방 들고 가는데……. 그때 오가는 틈에, 어떻게든 그 애한테 접근해서 그 병을 거기에 넣었을 거예요!"

이다연은 그 일로 인하여 꼼짝없이 경찰서에 끌려가고 말았다.

"최한나는 어떤가요?"

"그 집에도 연락했는데, 거기는 별게 없었답니다. 하지만 그 애가 거짓말을 한 것 같다고 그 애도 끌려갔어요! 이거, 이러다 어떻게 된 거 아닌가요?"

"흐음!"

잠시 후, 나와 조대현은 그 집을 나왔다.

"그런데 좀 이상하긴 한데?"

조대현이 말했다.

"뭐가?"

"범인이 두 여대생에게 누명을 씌우려고 일부러 그랬다면, 이다연보다는 최한나에게 니코틴을 숨겨뒀을 텐데? 그래야 그, 아르바이트가 사실 거짓말이라고 할 수 있었을 테니까."

"하긴 그렇긴 하네."

"그리고 최한나는 정두수를 별로 좋아하지도 않았다는데 아르바이트 때문에 그런 수상한 일을 맡았다는 것도 이상하고, 일단은 경찰서로 가봐야겠다. 이번 일이 생각보다 복잡한지, 아니면 단순한지도 모르겠어."

나는 정 의원이 한 말이 신경 쓰였다. 교사 성수철 역시 비석치기 심판을 본 만큼 범행 기회가 있었다. 그런데 그가 범인이라고 해도 과연 그 독침을 어떻게 처리했을지, 그 점을 알 수가 없었다. 그리고 그가 정말로 민혜선 학생과 원조교제를 하는 사이였다면? 하지만 그렇다면 정두수를 죽일 이유가 없다. 오히려 자신의 비밀이 없어졌으니 다행이라고 여겼을지 모른다.

만약, 민혜선이 정말 성수철과 원조교제를 한 사이라서 정두수가 그 사실을 놓고 그를 협박했다면, 하는 생각이 들었다. 사실 교사와 학생 관계야 알게 모르게 갈등이 생기는 법이고 학생이 교사에게 앙심을 품을 수도 있으니까.

좌우간, 다음에 조대현과 나는 경찰서로 갔다.

요즘 들어 CCTV와 블랙박스 등이 많이 보급되었고, 핸드폰은 추적 장치나 마찬가지기 때문에 범죄를 저지르기는 매우 어려워졌다. CCTV는 미리 파악하고 피하거나 부술 수도 있다. 하지만 블랙박스는 그럴 수도 없다. 범행 시각에 무슨 차가 주변에 지나갈지 범인은 예측할 수 없지만, 범행 후 경찰은 그 근처에 무슨 핸드폰을 가진 사람이 있었는지 통신사를 통해 다 추적할 수 있고, 그 사람들이 차를 몰고 가고 있었으면 그 차의 블랙박스를 볼 수 있다.

이번 사건 현장 역시 그와 비슷한 상황이었다. 비석치기 대회 결승인 만큼 핸드폰 등으로 그 자리에서 사진이나 동영상을 찍은 사람은 한둘이 아닐 것이다. 경찰에서도 그 핸드폰들을 모두 압수하다시피 해서 동영상을 틀어 보았지만, 어디에도 단서가 없었다.

"아니, 조대현 씨?"

"김 형사님?"

다행히 담당 형사 중 한 명이 조대현과 아는 사이였다.

"이번 사건, 혹시 그 여대생들 가족들이 사건을 해결해달라고 의뢰한 겁니까?"

"그렇습니다."

김 형사는 우리더러 잠깐 나가자는 눈짓을 했다. 기자들이 많으니 말하기 어려워서 그랬을 것이다.

"지금 상태에서는 그 이다연이라는 학생이 그랬을 거란 생각이 듭니다."

김 형사도 고개를 저었다.

"정말 그랬을까요? 그런데 그 아가씨는 독침을 어디에 숨겼을까요?"

조대현이 물었다.

"그게 지금은 모르겠다는 겁니다."

독침이 없다는 점, 그리고 범인이 과연 어떤 방식으로 숨겼을까 하는 점이 이상했다.

"굳이 독침을 감춰야 할 필요가 있을까요?"

이다연의 집에서 니코틴 액상이 발견되었다는 점에서, 약간의 수상한 점이 느껴졌다. 그녀는 전자담배는커녕 담배 냄새도 맡지 못한다고 했다.

"최한나는 이다연의 집에 갈 수 있을 테니까, 그 여자가 거기에 니코틴을 숨겼을 수도 있어!"

내가 말했다.

"그런데 왜 아직도 갖고 있었을지 모르겠네, 나라면 바늘에 묻힌 다음에 병째로 곧장 버렸을 거야."

"실패했을 때를 대비해 갖고 있었던 건 아닐까?"

결정적인 증거는 역시, 독침이었다.

경찰에서도 그 당시 입수한 동영상을 몇 편, 몇 번이나 돌려 봤을 것이다. 그런데도 아직 별다른 이야기가 없었다는 점에서, 나는 이상하다는 생각을 했다.

다른 용의자 중 한 명인 최한나를 살펴보았다. 앞서 밝혔듯 그녀는 이다연의 동네 친구였다. 정두수가 쓰러졌을 때 그녀는 안절부절못하고 있었다.

최한나의 부모에게서 듣기는 했다. 그녀는 이다연이 민혜선 사건을 정두수에게 말했을 때 개인적으로는 반대했다고 한다. 하지만 민혜선에게 잘못이 없다고 할 수는 없지 않은가.

"이다연 쪽에서, 정두수를 해칠 기회는 있지 않았을까?"

"그렇지는 않아. 정두수는 손을 독침에 맞았는데 이다연은 그 손에는 손대지 않았어."

조대현이 말했다. 하지만 나는 그동안 별별 이상한 방법으로 범행을 저질러 온 범인들을 많이 본 터라 뭔가 수를 썼을 거란 생각이 들었다.

"오히려 최한나는 어떻게 된 걸까?"

조대현은 김 형사에게 부탁해서 자신이 이다연과 최한나를 만날 수 있게 해줄 수 있는지 물었다.

"원래는 안 되지만……, 잠깐 이리 와서 말 좀 하죠."

잠시 후, 최한나가 나왔다. 물론 나와 조대현은 취조실 안에는 들어갈 수 없었지만 김 형사의 책상 옆에 서서 말할 수 있었다.

최한나는 나, 특히 조대현을 보고는 눈이 휘둥그레졌다. 하긴 그럴 것이다. 경찰 임용에는 신장 제한도 있으니 그가 경찰일까 하는 생각이 들 것이다.

"무슨 일이시죠?"

"어떤 사람이 돈을 주면서, 서울에 있는 정두수 씨랑 같이 그 비석치기 대회에 나가라고 했다고 했죠?"

먼저 김 형사가 물었다.

"그래요, 몇 번이나 말씀드려야 하죠?"

"그 사람이 어떤 옷을 입고 있었습니까?"

조대현이 물었다.

"여름인데 삼베로 만든 긴 옷, 아, 아저씨 같은 옷을 입고 있었어요! 하지만 할아버지였는데? 그런데 아저씨도 형사세요?"

최한나는 고개를 갸우뚱하며 말했다. 하긴 그랬다. 조대현은 여름에도 늘 긴 바바리코트 차림인데 생긴 건 비슷해도 삼베로 만든 거라서 꽤 시원하다고 한다. 사실 그는 몸에 화상 자국이 많아서 여름에도 긴 옷을 입고 다닐 수밖에 없다.

나는 최한나의 얼굴을 보았다. 사람에게 뭔가를 물어볼 때, 그의 눈동자가 오른쪽으로 움직인다면 그건 거짓말을 하고 있다는 말이 되고, 왼쪽으로 간다면 사실이라고 할 수 있다. 전자의 경우 창작을 담당하는 오른쪽 뇌와 관련이 있고, 후자는 기억을 담당하는 왼쪽 뇌를 가리키기 때문이다. 그녀의 얼굴을 보니 거짓말하는 것 같지는 않았지만, 그것만으로 증거가 되지는 않는다.

"날이 어두웠기 때문에 잘 보이지 않았는데, 그 할아버지는 마스크를 쓰고 있었어요. 계속 기침을 하고 있었고요."

"그래요?"

"그냥 정두수를 아냐고, 그렇게 말했어요."

"그랬나요?"

"정두수랑 같이, 다음 주에 열리는 축제 비석치기 대회에 나가 줬으면 한다고 했죠."

"그런데 왜 하자고 했습니까? 정두수 씨는 최한나 씨에게 마음이 있다고 했던 것 같은데, 당신이 거절했다고 했죠?"

"네. 그 선배가 바람기가 다분하다는 건 잘 알고 있었거든요.

거기다 고3 수험생이라 연애를 할 시간도 없잖아요. 그리고 그 할아버지가, 두수 선배한테 줄 이벤트가 하나 있다고 했어요. 그러면서 저한테 50만 원이나 줬어요."

최한나는 한숨을 푹 쉬었다.

"그 할아버지가, 자기 손녀가 정두수 선배랑 사귀는 것 같았는데 보니까 행실 나쁜 애라서 한 번 복수해야 한다고, 같이 비석치기 대회에 나갔다가 적당할 때 음료수에 설사약을 타서 망신이라도 한번 주라고 했어요! 성공하면 더 준다고 했고요."

최한나는 고개를 저었다.

"이다연이가 멍청해서, 정두수 선배한테 푹 빠진 거예요! 그 선배가 혜선이랑 사귀면서도 양다리 걸쳤다고 들었는데, 제가 보지는 못했지만요! 그래서 그 선배가 김에 망신이라도 당하면 다연이도 그 사람한테 실망할 것 같아서 돕기로 했어요!"

"그런데, 정두수는 설사약 먹지 않았잖아? 음료를 줬나요?"

"결승까지 가면 적당할 때 주라고 했어요."

"그 음료수 어디 있습니까?"

"몰라요. 정두수 선배가 갑자기 쓰러지는 바람에 저도 그 음료수 병을 어떻게 했는지 몰라요! 그리고 먹기는 했는데, 설사는 하지 않았잖아요?"

나는 김 형사 쪽으로 얼굴을 돌렸다. 그는 고개를 저음으로 답을 대신했다. 경찰은 현장에서 독이 들어갈 만한 음료수 병을 찾느라 다 뒤지다시피 했다. 설사약 성분이 있는 병이 있다면 발견되었을 것이다.

최한나가 다른 곳으로 간 뒤, 이다연이 책상 앞에 앉았다. 그녀는 훌쩍거리고만 있었다.

"두수 오빠 죽은 것도 서러운데, 범인으로 몰다니요!"

"당신 가방에서 니코틴 병이 나왔습니다."

"전 담배도 피우지 않는다고요! 누가 제 가방에 넣어둔 게 분명해요!"

그 병에서 이다연 외 다른 사람의 지문은 나오지 않았다. 나는 이상하다는 생각이 들었다.

"누가, 누가 두수 오빠한테 그런 짓을 했죠?"

"그걸 알아내야죠. 이다연 씨, 민혜선 사건 아십니까?"

조대현이 물었다.

"민혜선이요?"

순간, 그녀의 눈물이 뚝 그쳤다.

"정두수 씨랑 만나는 사이였다고 들었습니다. 그런데……!"

"그 계집애, 대체 왜 그랬나 모르겠어요! 자기 선생님이랑 그런 짓을……!"

"선생님이라면, 성수철 선생님을 말하는 건가요?"

조대현은 그녀를 보았다.

"그 계집애한테, 선생님이 돈 봉투 건네는 걸 제가 똑똑히 봤단 말이에요! 그리고, 장학금 추천할 때도 그 애를 추천한 게 선생님이라고요!"

"그래서, 원조교제한다고 소문을 냈습니까?"

"소문을 낸 건 아니고, 그런 계집애가 두수 오빠랑 만나는 게 싫어서 오빠한테만 이야기를 했어요! 지저분한 애잖아요! 두수 오빠네 엄마가 그 학교 이사장인데, 잘하면 선생님 자를 수도 있다고요!"

"사실 확인도 하지 않고 소문부터 냅니까? 민혜선 씨가 그 일 때문에 자살까지 했어요!"

내가 끼어들고 말았다. 조대현은 손을 내젓고는 다시 물었다.

"자살이란 건 못난 사람들이나 하는 거죠. 죄를 지었으면 벌을 피하지 말고, 죄가 없으면 당당히 밝혀야 하는데, 정두수 씨가 바람기가 다분하다는 건 알고 있었습니까?"

"저는 그 사람이 진정 좋아해줄 거라고 생각했죠!"

이다연은 뭔가 큰 착각을 하고 있는 것 같았다. 바람기란 건 쉽게 고쳐질 수 있는 게 아니다.

"민혜선 씨의 죽음에 뭔가 책임감은 느껴지지 않습니까?"

"물론, 그 애가 그럴 애는 아닐 거라고 생각했어요. 하지만 두

수 오빠는 제가 걔보다 먼저 좋아했다고요! 그런 제가 어떻게 그 오빨 죽여요? 그리고, 니코틴이니 뭐니 하는 건 어떻게 구하는 건가요?"

이다연은 다시 울며 말했다. 나는 그녀가 약간 경멸스러웠다. 정리해 보면 정두수가 민혜선과 헤어진 이유는 이다연의 모함 때문이기도 하다. 물론 모함이 맞다면 말이다. 하지만 과연 이를 모함만으로 정리할 수 있을까.

"가방을 들고 나가신 게 그 비석치기 대회 나가기 전이었습니까, 후였습니까?"

"그 전날에 애들 과외 좀……, 아니, 살인 용의자로 몰리는 바람에 제가 그 집에 가지도 못했어요! '애가 아빠랑 같이 일이 있어서 어디 좀 가야 해서요. 선생님께 미리 알려드리지 못해 죄송해요!'라고 하지 뭐예요? 거짓말인 거 제가 모를 줄 알아요?"

이다연은 다시 눈물을 흘렸다.

잠시 후, 우리는 다시 그 고등학교 앞으로 갔다. 그 분식집 앞에서 뜻밖에 김동훈이랑 성수철을 만나게 되었다. 두 사람은 커피잔을 든 채 이야기를 하는 중이었다.

"두 분, 여기 계셨군요?"

사제 관계니까 만난다고 해도 이상할 건 없지만, 나는 일단 그들을 아는 척했다.

"아니, 두 분?"

두 사람은 동시에 우리를 보며 같은 반응을 보였다.

"두 분, 선생님한테도 갔었어요?"

"너한테도 간 모양이구나."

"마침 잘됐습니다. 두 분한테 좀 묻고 싶었습니다. 시간 좀 내주실 수 있나요?"

성수철도, 김동훈도 우리가 반갑지는 않은 모양이었지만 조대현은 그들에게 강요하듯 끌고 나갔다.

"대체, 뭐가 더 궁금합니까?"

"민혜선 학생의 자살 사건에 관해서 알고 싶어서 그럽니다."

"그런 이야기를 쉽게 할 수 있나요?"

김동훈이 먼저 말했다.

"학교만 봐도, 혜선이 생각부터 나실 텐데 여기서 카페 하기가 편하시겠어요? 사실 저도 마찬가지예요!"

"아니, 좋습니다. 말씀하세요. 동훈이 넌 가봐도 된다."

"같이 계시면 좋겠습니다."

조대현은 그들에게 말했다.

"혹시 혜선이 부모님을 뵙고 싶은가요?"

성수철이 물었다.

"아닙니다. 우선 성 선생님, 우리가 작년 자살 사건을 말했을 때 왜 민혜선이라는 이름은 말씀하지 않으셨나요?"

조대현이 물었다. 나보고는 '너 같으면 말하겠냐?'라고 하더니만.

"굳이 말할 필요도 못 느꼈고, 그 일이 정두수 사건이랑 관련이 있을 거란 생각도 못했으니까요."

"그 자살한 날이 언제였죠?"

"그때도, 이맘때였습니다. 여름에 축제를 하는 날이었고 저도 거기 준비위원이었습니다."

"그때도 비석치기 심판을 하셨나요?"

"아니요. 그때는 그냥 자문만 했죠. 시합으로 한 건 올해가 처음이니까요."

성수철이 말했다.

"민혜선 학생이 원조교제를 한 상대가 선생님이란 소문이 돌았습니다."

조대현의 말에, 김동훈은 순간 이상한 얼굴로 성수철을 보았다.

"그런 소문은, 제 경력에 아주 치명적이라는 거 굳이 설명해야 합니까? 옛 제자까지 보고 있는데 불쾌하군요."

"탐정 일이 유쾌해질 수는 없습니다. 민혜선이랑 개인적으로 친하거나 했나요?"

"동병상련, 저도 고등학교 때 집안이 좀 어려웠기 때문에 그 애가 대학까지 포기할까봐 등록금에 보태라고 이자 없이 돈 100만 원 빌려준 적이 있습니다. 하지만 그게 답니다."

"그걸 누가 보았던 걸까요?"

"이다연이요!"

김동훈이 말했다.

"그 애가 우리 분식집에서 이야기하는 걸 우연히 들었어요."

이다연은 정두수가 민혜선의 과외를 해준다는 명목으로 여름방학 때 내려와서 친하게 지내는 모습을 보고 매우 질투한 나머지, 일부러 정두수에게 그런 이야기를 한 것 같았다. 하지만 결과가 그 이상으로 끔찍하게 나오고 말았다.

"이다연이 그런 행동을 했다는 거 알고 있었나요?"

"처음엔 몰랐습니다. 하지만, 제가 그 애한테 돈 빌려주는 걸 그 계집애가 어떻게 봤나 봐요. 그런데, 민혜선이가 그 일로 인하여 자살까지 할 줄 누가 알았을까요."

성수철이 말했다.

"그러니, 정두수 그 녀석이 그 축제 때문에 집에 왔을 때, 이다연이가 그 이야길 했을 겁니다!"

김동훈이 매우 불쾌한 얼굴로 말했다.

"바보같이, 그렇다고 왜 자살을 해요? 사실 정두수 그 녀석이 죽였을지도 몰라요!"

순간, 사람들 모두 그를 보았다.

"정두수네 건물 옥상에 올라가서 투신했는데, 자길 차면 정말 뛰어내리겠다고 했다나 봐요. 그러면 말리든지 해야 하는데, 그 녀석이 그냥 돌아섰대요!"

김동훈은 화를 냈다.

"아니, 그래서요?"

"제가 나중에 그 녀석에게 따졌는데, 자기는 설마 진짜 뛰어내릴 줄은 몰랐답니다. 그런데 그 표정이 얼마나 태연한지, 저 같으면 몇 달 동안 잠도 못 잘 겁니다!"

김동훈은 머리를 저었다. 나도 비슷한 심정이었다.

"그런데, 이다연이 정두수를 죽인 게 아닌가요?"

성수철이 물었다.

"네?"

"그 애가 니코틴이 든 병을 갖고 있었다고 들었습니다."

"소문 한번 빠르군요."

"소장님?"

김동훈과 성수철과 헤어진 다음이었다. 조대현이 나를 이렇게 부를 때는 비꼴 때다.

"왜?"

"그 사건을 보고 느끼는 점 없으신가요?"

"무슨 사건?"

나는 어깨를 으쓱했다. 나와 조대현은 다시, 사건 현장에 가 있었다. 물론 경찰 저지선은 아직 쳐 있었다. 사건 해결 전에 현장을 몇 번이고 검토하는 건 중요하다.

"사건을 다시 한번 검토해 보자고? 정두수가 쓰러졌을 때, 이다연이 서둘러 가서 심폐소생술을 했어. 그런데 이 사람은 왜 눈가리개를 벗어 던졌을까?"

내가 말했다.

"눈가리개 벗는 거야 이상할 게 없지. 위험 상황인데 눈이 보이지 않으면 얼른 그것부터 해결해야 되니까. 그런데 그보다 이상한 게 하나 있지."

"뭐가?"

"눈에 쓰는 뭐, 수면용 안대라는 게 있잖아?"

조대현이 말했다. 그는 사무실에 손님이 없으면 낮잠을 즐기는 편이라 나도 잘 알고 있었다.

"그걸로 하는 게 더 편할 텐데, 왜 굳이 천을 써서 눈을 가렸겠어?"

"그게 중요해?"

나는 약간 어리둥절했다.

"사소해 보이는 게 이상할 수 있지."

주최 측에서 안대를 미처 생각하지 못하고 그냥 수건으로 눈을 가리라고 했는지도 몰랐다.

"아주 간단한 방법을 썼을지 몰라. 그런데 문제는 그걸 어떻게 증명하느냐지."

"응?"

'봉사' 단계에서는 망을 먼저 던진 뒤 눈을 가린 상태에서 그것을 찾아 집어서 던져야 한다. 물론 그것을 찾기란 그리 어렵지는 않겠지만, 정확히 던져서 상대 망을 맞히기는 까다로울 것이다.

"그 사건이 일어나자마자, 경찰보다는 먼저 의료진이 왔다는 점을 생각해 보라고. 그 틈은 증거 인멸하기가 참 좋지. 거기다 그건 그 사람이 범인이라는 증거가 되지는 못하니까."

조대현은 말했다. 그 말이 맞았다.

"첫 번째 방법은 풍선 등에 달아서 날려 보내기."

"축제니까 풍선이 있기는 했을 테고, 괜찮네."

조대현은 말했다.

"산으로 녹여도 눈에 띄었겠고, 아, 저기 하수구에 버리거나 했을까? 바늘은 쉽게 찾기도 어렵잖아!"

"아니야. 감식반은 사건 현장 주변을 말 그대로 이 잡듯 뒤진다고. 그 정도는 수색하면 금방 나오겠지."

나는 골치가 아팠다.

"아, 그럼 그 쓰레기통 화재가? 아니, 아니겠지. 불에 탄다고 바늘이 녹을 리는 없잖아."

"그날 거기서 사진이나 동영상을 찍은 사람이 몇 명이나 될 것 같아?"

"꽤 되잖아?"

나는 어깨를 으쓱했다.

"거기서 뭔가가 잡혔다면 벌써 잡혔지."

"이 이야기 알아?"

조대현이 씩 웃으며 물었다.

"응?"

"넥타이 가운데 부분을 잘라낸 다음에 가볍게 다시 꿰매서 하고 다니는 사람이 있다. 이 사람은 누구일까?"

"경호원이잖아?"

나는 망설이지 않고 대답했다. 경호원들의 경우 습격자 등에게 넥타이를 잡힐 수 있어서 그렇더라도 금방 떨어질 수 있도록, 그렇게 하고 다닌다고 했다.

"그런데 그 이야기를 왜 해?"

"그 방법을 쓰면 누구든지 가능하단 말이 된다 이거지."

조대현은 씩 웃었다.

"독침이야 뭐, 길이는 크게 차이가 없으니까."

"응?"

"정두수는 늘 자기가 나서는 성격이라고 했어. 그래서 모든 게임에서 자기가 맨 앞에 했지. 그걸 알고 있었다면 쓸 만한 곳이 하나 있지."

"그게 뭐야?"

조대현은 간단하다고 말했다.

잠시 후, 나와 조대현은 성수철을 학교에서 그리 떨어지지 않은 카페로 불러냈다.

"당신이 정두수를 죽였죠?"

조대현은 단도직입적으로 말했다.

"뭐, 뭐라고요? 지, 지금, 농담하십니까?"

성수철의 반응은 예상했던 대로였다.

"이다연이 가방에서 니코틴 병이 나왔다고 했잖아요! 그건 그 애가 범인이란 증거가 아닌가요?"

"이런, 벌써 자백하셨군요."

“네?”

“아시겠지만, 니코틴은 공기 중에 두면 진한 갈색으로 변하고 담배 냄새가 진하게 납니다. 이다연의 아버지는 지금은 끊었지만 예전에는 흡연했다고 하더군요. 그래서 이다연도 그게 니코틴이란 걸 알았죠.”

“자백했다니, 무슨 말입니까?”

“이다연의 ‘가방’에서 니코틴이 발견되었단 말은 하지 않았는데요?”

“네? 했습니다!”

“하지 않았습니다!”

나는 강하게 몰아붙이듯 말했다. 조대현은 손을 한 번 흔들어 보이고는 말을 이어갔다.

“내, 내가 범인이라면, 독침을 어떻게 숨겼단 말입니까? 나중에 사람들 몸을 다 수색했고 공원을 다 뒤졌는데, 독침은 나오지 않았습니다!”

“그럴 필요 없었습니다.”

조대현은 말했다.

“그때, 그 축제에서 정두수가 실려 간 다음에 어느 쓰레기통에서 불이 났어요. 누가 담배꽁초를 잘못 버려서 불이 났구나 했는데, 그건 당신이 지른 겁니다. 일단 경찰보다는 구급차가 먼저 올 것이고, 경찰이 와도 당장 사람들을 모두 조사하지는 않을 테니까요."

"뭐라고요?"

"담배 피우십니까?"

"아닌데, 그게 무슨 소용입니까? 그리고 독침을 어떻게 숨길 수 있습니까?"

"성인 남자의 경우 니코틴 치사량은 대략 20~30밀리그램입니다. 그 정도는 바늘 몇 개에 가볍게 묻히기만 해도 얼마든지 얻을 수 있습니다."

"그, 그게 무슨 말씀입니까?"

조대현은 말을 이어갔다.

"비석치기 예산은 그리 많이 필요하지 않죠? 그렇다면 수면용 안대 같은 걸 써도 되는데, 왜 굳이 검은 천을 썼습니까?"

"그, 그게 무슨 상관입니까?"

"그 천을 준비한 게 당신이라고 들었습니다. 거기에 당신은 일부러 천 한쪽 끝에 그 눈가림용 천과 같은 색의 천 쪼가리를 가볍게 붙여 놓았지요. 풀기나 꿰맨 자국이 남지 않도록, 이쑤시개 같은 것으로 고정시켰을 겁니다. 물론 그 이쑤시개도 검게 칠해서 눈에 띄지 않게 했지요."

"그게, 무슨 말입니까?"

"그리고 그 천 쪼가리에는 아주 짧게 잘라낸 대나무 바늘을 여러 개 꽂았을 겁니다. 물론 미리 니코틴에 거의 절이다시피 해서요. 정두수는 그것을 자신이 직접 머리에 매다가 그것에 손을 찔리고 만 거죠."

"응? 그러면 순간 찔렸다고, 정두수가 말하지 않았을까요?"

성수철은 말도 안 된다는 듯 말했다.

"좀 가볍게 찔린 정도일 겁니다. 정두수는 그때 우승해서 최한나랑 잘 될 생각에만 차 있었으니, 별로 티내지 않고 계속 게임을 이어 갔겠죠. 그러다가 쓰러진 걸 겁니다."

"그리고 정두수가 쓰러질 때, 자기가 그 천을 풀어 버리는 건 자연스러우니까 범인은 그 틈을 타서 그 천에 독침이 붙은 부분을 잽싸게 떼어낸 거야?"

내가 말했다.

"그랬다가 떼어진 자국이나, 길이가 짧아져 있거나 하면 경찰이 알아차리지 않았을까요?"

"재봉사도 아니고, 그 정확한 길이를 아는 사람이 있을까요? 그리고 제가 말씀드렸듯, 천에 작은 조각 하나 덧대면 길이 정도는 속일 수 있습니다."

"그러면, 그걸 어떻게 회수하죠? 나는 그때 맨손이었는데, 줍다가 내가 찔릴 수도 있잖아요?"

성수철이 말했다.

“바늘을 꽂은 사람이 자기니까 그 위치는 자기가 잘 알겠지! 그리고 떼어서 얼른 주머니에 넣었을 겁니다.”

“그거야말로, 나도 찔릴 위험이 있는 행위 아닙니까! 그리고 그걸 어떻게 주머니에 넣습니까?”

성수철은 언성을 높였다.

“그런 상황이라면 사람들 눈은 전부 정두수에게 향했을 테니까요. 그러니 그 사람에게 가는 척 하면서 천 조각만 떼어낸 거죠. 그리고 왜 대나무 바늘을 썼냐면, 바로 그 쓰레기통 화재 때문이죠. 당신은 그때 개량 한복 차림이었죠?”

“그게 이상합니까?”

“이상하죠. 하복의 경우, 아니 티셔츠라고 해도 상의에는 주머니가 달리지 않은 게 대부분입니다. 하지만 개량 한복 윗도리에는 분명히 달려 있죠. 그리고 그 주머니에 가죽 주머니 같은 걸 미리 넣었다가 그 안에 바늘 박힌 천을 넣으면, 가죽 때문에 당신은 찔리지 않겠죠.”

“그, 그러면!”

“네, 당신은 구급차가 온 틈을 타서 적당히 시간을 봤다가 얼른 쓰레기통에 그 가죽 주머니째 버리고는 불을 냈죠. 거기 불 내는 건 쉬운 일이니까. 성냥 같은 걸 미리 준비했습니까? 그 방법을 썼다면, 구급차에 정두수랑 같이 타고 갔던 이다연은 범인이 아니죠. 그리고 최한나는 쓰레기통 근처에는 가지도 않았고요."

성수철의 얼굴 표정은 달라져 있었다.

"참, 대단하시군요. 탐정은 다들 그렇게 상상력이 좋습니까?"

"상상력은 수사의 필수 능력 중 하나입니다."

"하지만, 내가 그랬다는 증거가 있나요? 내가 그 천을 준비했다고 해도? 내가 그 천을 보물처럼 품고 다닌 것도 아니고 누가 그 바늘을 꽂아 놓거나, 아니면 그 바늘이 꽂힌 천이랑 바꿔치기했을 수도 있지 않습니까?"

"물론, 빈틈을 본다면 그건 충분히 가능하죠."

조대현은 고개를 저었다.

"하지만 당신의 결정적인 실수는 따로 있었습니다. 이다연의 가방에서 그 니코틴 병이 발견되었는데, 그 병뚜껑 안쪽에 당신의 지문이 찍혀 있었습니다. 미처 다 닦지는 못한 모양이군요?"

"그게, 무슨 말입니까! 말도 안 됩니다!"

"왜 말이 안 된다고 생각하십니까?"

"말이 안 되니까 안 되죠! 그 병뚜껑 안에 어떻게……! 지문이 묻습니까?"

성수철의 언성이 더욱 높아졌다.

"드디어 두 번째 자백을 하셨군요?"

조대현이 말했다.

"네?"

"그 병뚜껑 안쪽에 손이 닿을 리가 없다고 하셨잖아요. 매니큐어 병의 뚜껑은 가늘고 길어서 바를 때 손잡이로도 쓰이니까, 그 뚜껑 안쪽에 손이 닿을 리가 없죠. 그건 당신이, 니코틴이 담긴 병이 매니큐어 병이라는 걸 알고 있단 말이 되죠? 그 병을 이다연의 가방에 넣은 사람이 바로 당신이니까요!"

곧, 카페 구석에 숨어 있던 사람들이 우리를 에워쌌다. 형사들이었다.

"무슨 일로 사람을 죽였습니까?"

"우리 학교 구석에 있는 송덕비, 불망비 보셨습니까?"

"네?"

그는 간단히 이야기를 시작했다.

"비석치기란 건, 원래 거짓으로 선정비를 세운 고을 수령이 있을 때 사람들이 화풀이로 그 비석을 차고 때리고 한 데서 비롯되었다는 말도 있습니다."

"네?"

"우리 학교에 있는 그 비석들, 원래 저기 유적지에 있던 겁니다. 말했듯이 나도 여기서 유적 발굴도 하고 싶었다고 했죠? 그런데, 정 의원이 그 10년 사이에 관청에 뇌물 먹여가면서 기초 조사도 제대로 않고 다 파헤치고 건물을 지었지요. 역사 보존 차원에서 다행히 그 학교 구석에라도 남게 되었지만요."

성수철의 눈에서 불이 뿜어졌다.

"거기까지는 그래도 참을 수 있었습니다. 그런데, 그 아들이란 녀석을 갖고 학교 여자애들이 싸우기까지 하는 걸 보자 점점 불편해지더군요. 거기다, 민혜선이가 자살까지 해 버렸으니 말입니다. 고3인데 말이죠!"

"역시, 그 사건인가요?"

"좋아요. 부끄러운 일입니다만, 제가 사실 그 애를 좋아했습니다. 여자로요!"

성수철은 고개를 푹 숙였다.

"하지만, 원조교제는 아니었습니다!"

"저도 짐작은 하고 있었습니다."

조대현이 말했다.

"우리가 처음 교무실 갔을 때, 당신은 존 스튜어트 밀의 책을 읽고 있었죠. 밀은 젊었을 때 한 여자에게 반했지만, 그녀가 이미 다른 사람과 결혼한 사이라 맺어질 수가 없었으니 그 남편이 죽을 때까지 기다렸다고 하죠? 그래서 마흔이 넘어서 그 여자랑 결혼했고요."

"뭐요?"

성수철은 쓴웃음을 지었다.

"별걸 다 아시는군요. 맞습니다. 밀은 20년도 넘게 기다렸지만, 그 애가 성인이 될 때까지는 2년도 남지 않았을 때니까요. 전 그 애 집이 어렵다고 해서 개인적으로 돈도 이자 없이 빌려주고, 그 애가 대학에 갈 수 있도록 도와주기로 했습니다. 그런데 이다연이란 계집애가 그걸 어떻게 봤는지, 제가 그 애랑 원조교제하는 사이였다고 했나 봅니다!"

"그 일 때문에, 민혜선이 자살했나요?"

조대현이 물었다.

"제일 나쁜 건 정두수, 그 녀석이었습니다!"

"네?"

"정두수 그 녀석은 치마만 입었다 하면 가만히 두지 못하고 있었습니다! 그러면서도 자기 여자가 바람을 피우는 건 가만두지 않는 녀석이었고, 거기다 이 여자가 싫증나면 별별 이유로 차 버리기까지 했죠! 그런데, 원조교제라니, 그런 모함을 핑계로 또 그 애까지 차 버렸지 뭡니까?"

성수철의 눈에서 눈물이 흘렀다.

"그때, 혜선이가 정두수랑 통화하는 걸 우연히 듣기도 했습니다. 그 녀석은 대학에 갔으니 방학 때는 여자친구가 있는 동네로 돌아와서 과외도 좀 해주기로 했다나요? 그런데, 서울에 있는 자취방에서 놀면서 다른 여자랑 사귀고 있었지 뭡니까? 뭐, 사실 지방에서 서울에 있는 대학에 간 학생이 방학 때 학원이다 뭐다 핑계 대면서 남는 일도 흔하잖아요?"

"역시, 그랬군요?"

"그런데, 제 아버지가 국회의원이고 마을 축제에 후원도 하고 해서 그때 잠깐 내려와서 혜선이를 만났는데, 그때 이다연이가 그 원조교제라고 모함을 해버린 겁니다! 정두수가 그 때문에 혜선이랑 끝내버렸고요! 저도 그때 축제 실행위원 중 한 명이라 바빠서 잘 신경 쓰지 못했는데, 그 와중에 혜선이가 그럴 줄은 정말 몰랐습니다!"

"맙소사."

나는 다른 말이 나오지 않았다.

"교사가 학생에게 연정 품었다고, 네, 맞습니다. 요즘 말로 막장드라마라고 하죠? 그렇게 생각하셔도 좋습니다! 하지만, 저도 진심이었습니다! 원조교제니, 미성년자 추행이니 이런 일과는 전혀 상관이 없습니다! 그 애가 졸업할 때까지 기다리기로 했으니까요!"

성수철은 말을 이어갔다.

"그래서 마침 보니까, 이번 레트로 축제에 비석치기가 있더군요. 그래서 김에 한 가지 방법을 생각해 봤습니다. 비석치기를 체험이 아닌 대회로 해보자. 거기에 그 녀석을 나가게 하고 사람들 보는 앞에서 죽으라고 하기로 했죠. 혜선이 1주기에 대한 공양이기도 하죠. 그리고 그런 못된 아들을 키워낸 정 의원이 후원하는 축제니 망치기로 한 겁니다!"

"그래서, 최한나에게 그 대회에 나가자고 하라고 지시했군요?"

"그렇습니다. 그리고 설사약이라고 속여서 니코틴을 음료에 타서 먹이라고 했죠. 그런데 니코틴은 쓴맛이 굉장히 강하고, 음료에 타서 먹으면 입안에 화상이 남는다고 했습니다. 더욱이 탈 때 담배 냄새라도 나면 들킬 것 같아서, 작전을 바꿀 수밖에 없었습니다. 그래서 천을 쓰기로 했죠."

"어차피, 최한나에게 누명을 씌우려고 하지 않았습니까?"

조대현이 말했다.

"이다연에게 씌우려고 했습니다. 사실 그 애한테도 혜선이 죽음에 대한 책임이 있으니까요. 그 계집애, 양심이 있는지 그다음에도 두수 그 녀석에게 들이대는 거 보고 울화가 치밀어 오르더군요."

"범죄를 정당화하지 마십시오."

조대현이 말했다.

성수철이 연행된 후, 우리는 나왔다.

"뭐, 의뢰비는 제대로 받게 됐으니 다행이네."

조대현은 기지개를 펴며 말했다. 어차피 그 돈이 내게 올 것도 아니니, 나는 돈보다는 이 사건 관계자들에게 신경이 쓰였다.

"진심이었을까?"

"뭐가?"

"진정 사랑해서 그런 걸까? 일종의 집착이었을 수도 있잖아. 그래도 교사와 학생인데 좋은 이야길 듣기는 어렵겠지?"

"뭐, 본인은 선을 넘지는 않았다고 했으니까 믿어줘야지. 하지만 살인이 일어났는데 어찌 좋은 이야기를 듣겠냐?"

조대현은 핀잔을 주듯 말했다. 나는 학교 운동장을 다시 보았는데, 전에 보았던 비석들이 눈에 띄었다.

"너 이상황 대감 이야기 알아?"

조대현이 물었다.

"이상황? 사람 이름이야?"

조대현은 간단히 설명해주었다. 이상황 대감이 암행어사를 지낼 때 어떤 농부가 나무로 된 비를 진흙탕에 담갔다가 꺼내서 세우는 모습을 보고, 그 고을 수령이 탐관오리임을 밝혀냈다는 사실까지.

"그 대감은 운이 좋았네."

"범죄 수사에서 운도 꽤 중요하단 걸 잘 알잖아."

"그런데, 사실 그 농부가 일부러 그 수령을 고발하기 위해 진흙을 묻힌 거 아닐까?"

내가 말했다. 앞서 밝혔듯 악질 사또가 자기 이름이 새겨진 선정비를 세워서 백성을 잘 다스리는 선치수령인 척한 사례는 많다. 저 학교에 있는 비석 중에도 그런 게 있을지 모른다.

"맞아. 비석치기가, 날 비(飛) 자에 돌 석(石) 자를 써서, 나는 돌이란 뜻도 있지만 비석(碑石), 즉 돌기둥이란 설도 있잖아."

"아, 그거?"

"악질 수령이 세운 가짜 선정비에 대고 사람들은 그걸 발로 차거나 돌을 던지면서 조롱했다고 하니까, 그게 비석치기의 기원이란 말도 있거든. 선정비를 부르는 말에는 송덕비(頌德碑), 덕을 칭송한다는 뜻이고, 유애비(遺愛碑), 사랑을 남긴다는 뜻, 불망비(不忘碑)라고, 잊지 않겠다는 말도 있는데, 이번 일은 불망비네, 잊지 못할 원한을 갖고 일을 저질렀으니."

성수철이 정두수에게 던진 망, 즉 비석은 불망비가 된 셈이다. 모든 범죄가 그렇긴 하지만, 이번 일도 마음이 씁쓸해졌다. 내 마음을 아는지 모르는지, 조대현은 어디선가 주운 듯한 돌을 아무 데나 던졌다.